魔王のあとつぎ
吉岡 剛
イラスト◆菊池政治

シャルロット=
ウォルフォード
マックス=ビーン
レイン=マルケス
「シャルって
呼んでください！
この学院に入るのは
ずっと夢だったので
今凄くワクワク
しています！」

オクタヴィア＝
フォン＝アールスハイド

「いけえっ！」
私が放った
特大の炎の弾は、
デボラさんを
丸ごと飲み込むほど
大きなものになっていた。

魔王のあとつぎ

吉岡 剛

FB
ファミ通文庫

イラスト／菊池政治

CONTENTS

◆プロローグ◆

シン＝ウォルフォード。

アールスハイド王国、いや世界においてこの名を知らぬ者はいないであろう。

魔人王戦役《まじんおうせんえき》と呼ばれる災厄において、理性ある魔人、オリバー＝シュトロームが配下の魔人たちを従えて世界に対して宣戦布告《せんせんふこく》を行った際、彼はアルティメット・マジシャンズという魔法士集団を率いてこの魔人たちを討伐。

世界の危機を救った。

その後、一部の人間しか知らなかった東方世界への航路を、飛行艇を作ることで開拓。

交易を樹立させ、安価に魔石が輸入できるようになった。

そのお陰で魔道具業界を初めとする産業が活発になり、経済は大きく発展した。

また、アルティメット・マジシャンズのメンバーであり親友でもあるアールスハイド王国王太子アウグストの妃であるエリザベート妃の暗殺計画を何度も防ぎ、王家の信頼も篤《あつ》い。

民衆は彼のことを敬意を込めて、魔法使いの王『魔王』と呼ぶ。

その他にも、創神教本部《そうしんきょう》から『神の御使い《みつかい》』と認定され、敬虔《けいけん》な教徒は彼のことを『御使い様』と呼ぶ。

これほど世界中から認知され、敬われている彼は、愛妻家で非常に子煩悩《こぼんのう》であることも知られている。

妻は、創神教の神子《みこ》でないにもかかわらず創神教本部から聖女と認定されたシシリー＝ウォルフォードで、彼女との恋物語は、若い世代の憧れとなっている。

また、養子で長男のシルベスタ、シンとシシリーの実子である長女シャルロットと次男ショーンといった子供たちがいるが、長男シルベスタは魔法学院の最難関であるアールスハイド高等魔法学院を首席で卒業するほど優秀で、子供を立派に育て上げたことから理想の父親とも言われている。

そんなシンの子供たちだが、今年、もう一人シンとシルベスタの母校であるアールスハイド高等魔法学院の門を叩くものがいた。

長女、シャルロットである。

◇第一章◇　魔王の娘

アールスハイド王国王都に悠然と佇み、今まで幾人もの優秀な魔法使いを輩出《はいしゅつ》してきた伝統校。

『アールスハイド高等魔法学院』。

古くは、かの賢者マーリン＝ウォルフォード、導師メリダ＝ボーウェンを送り出し、少し前には英雄シン＝ウォルフォードを初めとする仲間たちが、在籍中に、今も活躍を続けるアルティメット・マジシャンズを組織した、アールスハイドで……いや、世界的に見ても最高峰と言われる魔法学院。

その正門前に今、私は立っている。

「フフフ、とうとうこのときがやってきたのね！　この私、シャルロット＝ウォルフォードの伝説の幕開けが！」

そう、私は、賢者マーリンと導師メリダの曾孫《ひまご》にして、英雄シン＝ウォルフォードと聖女シシリー＝ウォルフォードの娘、シャルロット＝ウォルフォード。

魔法使いの王とまで言われているパパの跡を継ぐのはこの私よ！

『魔王』と呼ばれているパパの息子だから『魔王子』なんて呼ばれているお兄ちゃんは確かに強力なライバルだけど、お兄ちゃんはそういうのに興味ないみたい。

なら、二代目『魔王』の称号は私が継がせてもらうわ！

とりあえず、当面の目標はお兄ちゃんに倣《なら》って『魔王女』と呼ばれること。

今はなんとも呼ばれてないけどね。

けど、今日は高等魔法学院の入学式。

パパも、それまで一切世に出ていなかったのに、高等魔法学院に入学してから一気に世間に名前を知られるようになった。

ここからパパの伝説が始まったのだ。

つまり、私の伝説もここが始まりなのよ！

「ククク……待っていなさい高等魔法学院！　今日から私の名を存分に轟《とどろ》かせてあげるわ！　アハハハ！」

「うるさい！」

「痛い！」

高等魔法学院の正門前で、これからの学院生活について改めて決意を新たにしていると、後頭部をはたかれた。

「ちょっとマックス！　女の子の頭をはたかないでよ！」

「こんな所で恥ずかしい真似をしてるからだろ⁉　正門前で腕を組んで高笑いしてるなんて変人以外のなにものでもないぞ！」

「変人じゃないわよ！　ようやく長く苦しい受験勉強から解放されたんだから、少しくらい羽目《はめ》を外してもいいでしょ！」

今日は、待ちに待った高等魔法学院の入学式。

去年一年は、受験のために勉強漬けだった。

高等魔法学院の入学試験は、実技と学科の二つがある。

高等魔法学院の受験勉強だからと魔法実技の練習を頑張ろうと思っていたら、ママとひいお婆ちゃんから、必要ないと言われてしまった。

代わりに課せられたのが学科試験の勉強。

魔法学院の受験勉強なのに、ただひたすら机に縛り付けられて勉強漬けの日々……。

一度そのことについて文句を言ったら、ママがニッコリ笑った。

……その笑顔がとても怖かったので、二度と口にしなくなった。

マジで怖かった……。

ちなみに、パパは途轍《とてつ》もなく偉大な魔法使いで、知らない人からしたら才能だけで魔法を使っているように見えるらしいが、本当のところは超理論派。

その理論は、ママやひいお婆ちゃんでも理解できないところがあるらしい。

パパの跡を継ぐなら、魔法理論もちゃんと勉強しなさいと言われればそれに従うしかない。

そんなこんなで勉強漬けの日々を送っていたが、高等魔法学院に合格したことでようやく解放された。

まあ、受験が終わった時点で解放されたんだけど、いざ実際に高等魔法学院の制服に身を包み、校舎を目の前にすれば今までの苦労を思い出してもしょうがないでしょ？

それなのに、目の前にいる幼馴染みであるマックスは額に手を当てて溜め息なんか吐《つ》いてる。

マックスは、パパの仲間であるアルティメット・マジシャンズに所属しているマークおじさんとオリビアおばさんの息子。

パパの経営する『ウォルフォード商会』お抱えでアールスハイド一の規模を誇る『ビーン工房』の跡取り息子だ。

マークおじさん譲りの茶髪とオリビアおばさん似の顔立ちをしているマックスは、鍛冶工房の跡取りとして育てられており、毎日鎚《つち》を振るっているので非常にいい体格をしている。

パパ曰く、細マッチョなんだそうだ。

的確な言葉だと思う。

そんな細マッチョな身体で、成長期なのか随分と背が伸びたマックスは生意気にも最近ちょっとモテ始めていた。

本当に生意気。

お互いの両親が高等魔法学院時代からの親友ということで、私たちも生まれたときから一緒にいる。

最早《もはや》側にいるのが当たり前の存在だ。

そんなマックスなので、私に対して遠慮がない。

平気で私の頭をはたくし、呆《あき》れ顔《がお》を隠しもしない。

「受験勉強から解放されて嬉しいのは分かるけど、それ、滅茶苦茶贅沢《ぜいたく》な悩みだっていうのは理解してる？　なんだよ聖女様と導師様が家庭教師って」

「ママとひいお婆ちゃんなんだから仕方ないじゃない。それを言うならマックスだって十分恵まれてるでしょ？」

「まあね」

自分だって両親がアルティメット・マジシャンズのくせに、なにを言ってるのやら。

マックスとそんな話をしていると、私たちに近付いてくる人影があった。

「羨《うらや》ましいですわね。私は、お父様がお忙しいので中々勉強を見てくれなくて。お母様は魔法使いの素質がありませんし」

そう言いながら会話に加わったのは、このアールスハイド王国の第一王女であるヴィアちゃんだ。

本当はオクタヴィアって名前だけど、小さい頃からヴィアちゃんって呼んでるので、今もヴィアちゃんだ。

「あれ？　ヴィアちゃん、送迎の車は？」

王女様なんだから、王族専用の魔動車で登下校するのかと思っていたけど、なんで歩いて校門前に来てるの？

「シャルたちの姿が見えたので降ろしてもらったのですわ」

そう言ってニッコリ笑うヴィアちゃんは、マジ王女様だった。

お母さんであるエリーおばさん譲りの薄い金髪に、お父さんであるオーグおじさん譲りの美貌。

そして、とても私と同い年とは思えないほど発育した身体……。

私もそこそこ可愛い方だと思うけれど、ヴィアちゃんは間違いなくアールスハイド一の美少女だ。

王女様で、高等魔法学院に入学できるほどの魔法使いで、美少女で、抜群《ばつぐん》のプロポーションの持ち主という、同じ女からしたら羨望《せんぼう》の的以外のなにものでもなく、男からしたら、女性の美しさを凝縮したような存在なのだとか。

現に今も、校門前に現れたヴィアちゃんを見て、女の子は羨望の眼差《まなざ》しを、男は……

ああ、何人か恋に落ちたな、あれ。

無駄なのに……。

「そろそろ時間でしょう？　講堂に行かないの？」

「そうだね。あ、でも、そうなるともう一人いないよ」

美少女ヴィアちゃんに講堂に行かないのかと促されるけど、私たちには実はもう一人幼馴染みがいる。

その一人がまだ来ていない……。

「もう来てる」

「わあ！　ビックリした！」

突然背後から聞こえてきた声に、私はマジでビックリした。

気配が！　気配がなかったよ⁉

「もー、レイン！　ビックリした！　気配を消して背後を取らないでよ！」

声をかけてきたレインは、さっき言っていた最後の幼馴染み。

近衛騎士《このえきし》である母のクリスおばさん似の外見と身体能力、魔法師団長である父のジークおじさん譲りの魔法のセンスを併せ持つという、剣も魔法も使えるオールラウンダーだ。

騎士養成士官学院、高等魔法学院のどちらに進学するかおじさんとおばさんは揉めたそうだけど、私たちが揃って高等魔法学院に進学を希望していたので高等魔法学院を進路に選び、問題なく合格できるほどの実力を持っている。

顔も、昔騎士団のアイドルと言われたクリスおばさんに似ているのでモテそうなんだけど……。

なにしろ性格がちょっと変なので、女子からは遠巻きにされていた。

今だって、魔法で気配を消し、優れた身体能力で物音をさせないように私の背後を取った。

面白いことや悪戯が好きという……外見は近衛騎士のクリスおばさんに似ているのに、性格がなあ……かといってジークおじさんにも似ていないらしい。

『俺はこんな変な性格はしていない！』と、家に遊びに来たときにそう言っていた。

ってていうか、父親から変な性格って言われるレインって……。

「レイン、あなた、いつの間に来ていたんですの？」

ヴィアちゃんも、突然現れたレインに驚いたようで、私の隣でビクッてしてた。

「ん？　シャルが高笑いしてたとこから」

「メッチャ前からじゃん‼」

マックスも驚いていた。

え？　マジで？　全く気配とか感じなかったんだけど⁉

マックスは気付いていたのかと思って顔を見ると、マックスも驚いていた。

「全然気付かなかった……」

あ、マックスもだったか。

二人して驚いていると、レインは得意気な顔になった。

「ふふん。二人が索敵魔法《さくてきまほう》を使ってないのは分かってた」

「いや……こんな街中で索敵魔法なんか使わないわよ」

今は周辺国との関係も良好で平和だし、パパたちの若い頃にあったみたいな魔人が現れたりもしないし、なにより私たちは所謂《いわゆる》アールスハイド王国要人の子供なので、隠れたところに護衛がいっぱいいる。

それに、私はまだパパやママみたいに無意識下で索敵魔法を使うなんて高度なことはできないし。

「っていうか、なんで気配消して近付いたりするのよ？　普通に近付いて来なさいよ」

私がそう言うと、レインは真面目な顔をして言った。

「ニンジャの修行」

「なに言ってるの⁉」

本当に、なにを言っているの⁉

レインがなにを言っているのか分からず混乱していると、マックスが驚いたように声をあげた。

「え⁉　レイン、本当にニンジャを目指してたのか⁉」

「ニンジャってあれですわよね？　幼い頃シンおじさまがお話ししてくれた遠い国のスパイでしたわよね？」

そうだよ、ニンジャって、小さいときパパが話してくれたスパイの話だよ。

小さい頃のマックスとレインはその話が好きで、いつもパパに新しいニンジャの話を強請《ねだ》っていた。

でも、大きくなるにつれ、マックスもそんな話はしなくなった。

けど、コイツは……レインはずっとニンジャに憧れていたのか。

「俺、将来はニンジャになるから」

「なに言ってるの？」

またおかしなことを言い出したぞ、コイツ。

「そっかあ、でも、クリスおばさんとジークおじさんがガッカリするな」

マックス⁉　アンタ、なんで理解してるの⁉

「諜報部《ちょうほうぶ》に入りたいって言ったら、お父さんもお母さんも残念そうにしてたけど、納得はしてくれた」

そして、もう進路相談は終わってた！

え？　馬鹿なの？　男子は馬鹿なの⁉

「確かに、シンおじさまの言うニンジャは諜報員ですわね。まあ、ニンジャになりたいは意味が分かりませんけど、将来の目標が決まっているのはいいんじゃありません？」

ヴィアちゃんはこの国の王女様だから、この国にどんな仕事があるのかよく知っている。

そうか、諜報部なんてものがあるのか。

だったらまあ、いいのかな？

そうやって無理矢理納得していると、マックスが「ああ！」となにかに合点がいったように声をあげた。

「だから高等魔法学院に進学したのか？」

「え？　どういうこと？　私たちと一緒の学校に通いたいからじゃないの？」

「私もそう思ってましたわ」

私とヴィアちゃんが揃《そろ》って首を傾《かし》げると、マックスとレインが口を揃えて言った。

「「だって、忍術って魔法っぽいだろ？」」

「「なにを言っているの⁉」」

揃ってアホなことを言っている男子に、ヴィアちゃんと二人揃ってツッコんでしまった。

　はあ、男子って……男子って……。

「それより、もう行かなくていいのか？　そろそろ入学式始まるぞ」

「あ！」

　レインの言葉で周囲を見回すと、校門前に残っているのは私たちだけになってしまっていた。

「ちょっ！　早く行くわよ！　ヴィアちゃん、行こ！」

「ええ」

　私は、ヴィアちゃんの手を取り講堂に向かって走り出した。

　その後ろを、マックスとレインが追いかけてくる。

　これから、中等部の授業の一環ではなく、専門的に魔法を学習する日々が始まる。

　そのことに心を躍らせながら、すでにクラスごとに集まっている生徒に合流したのだった。

　校門前で余計な時間を喰ってしまったけど、どうにか指定の時間前に入場の列に並ぶことができた。

　はあ、間に合ってよかった。

「随分《ずいぶん》慌ただしいな、もっと時間に余裕をもって……」

新入生の列に走って滑り込んだ私たちに、先生がお小言《こごと》を言おうとして途中で言葉を飲み込んだ。

ん？　と思って先生を見ると、開いた口がワナワナと震え、顔が真っ青になっている。

「オ、オクタヴィア王女殿下⁉　こ、これは、無礼《ぶれい》な口を利いて申し訳ございません‼」

先生はそう言うと、頭頂部が見えるくらい頭を下げた。

途中で言葉が途切れたのは、走ってきた中にヴィアちゃんがいるのを見つけたからだったか。

あれ？

でも、この学院って……。

「頭をお上げください先生。アールスハイド高等魔法学院は身分に関係なく完全実力主義。王族への忖度《そんたく》もしないはず。父も学院在学中は、当時担任であったマーカス学院長から厳しく指導を受けたと言っておりました。どうぞ、私にも同様に接してくださいませ」

そうそう、高等魔法学院では身分は関係ないから、王族でも叱《しか》られるときは叱られるってパパが言ってた。

特に、当時の担任で今の学院長であるアルフレッド＝マーカス先生はオーグおじさんにも公平な態度で接していたらしい。

この先生は、王族の生徒を相手にするのが初めてなんだろうな。

まあ、王族が入学するのはメイお姉ちゃん以来だっていうから、それ以降に教師になった人なんだろう。

ちなみにこの身分関係なし、っていうのは、生徒はみな平等、平民が王族や貴族に馴れ馴れしくしてもいいよ……って意味じゃない。

この学院での優劣は魔法の実力のみ。

たとえ王族や貴族であっても忖度しないよ？　っていう意味。

その証拠に、パパの同級生にはヴィアちゃんのお父さんであるオーグおじさんがいたけど、首席入学も首席卒業も平民のパパで、オーグおじさんは次席だったらしい。

パパさえいなければ、オーグおじさんがアールスハイド王族始まって以来の天才として入学も卒業も首席だっただろうって、ヴィアちゃんのお母さんであるエリーおばさんが悔《くや》しそうに言っていた。

そんな完全実力主義の学院だからこそ、アルティメット・マジシャンズなんてものができたんだろうな。

ヴィアちゃんからお言葉を貰《もら》った先生は「は、はは！」と返事をして頭を上げた。

「え、えーと、それでは……コホン。オクタヴィア王女殿下も君たちも、間に合ったからいいものの、本当に時間ギリギリだ。息を切らせ汗を掻《か》いて式に参加するつもりですか？」

『う……』

先生の正論にぐうの音も出ない。

「我が校の入学式には陛下も御臨席《ごりんせき》なされる……オクタヴィア王女殿下も、そんな姿を見られたくはないでしょう？」

「……先生のおっしゃる通りですわ。申し訳ございません」

「あ、いえ、分かって頂ければいいのです。次からは気を付けてください。それじゃあ、もうすぐ入場だ。合格発表のときに通知したクラス順に分かれてくれ」

ヴィアちゃんの反省の弁を聞いた先生は、そのあと生徒全員に向かって整列するように言った。

なので、私たちも事前に知らされていたクラスごとに分かれる。

「入試のときの順位は覚えているか？　その順で整列してくれ」

入試の順位ね。オッケーオッケー。

私たちが整列すると、先生が私を見て驚いていた。

え？　なに？

「……お前がウォルフォードだったのか」

Sクラス最前列に並んだ私に、先生がそう言った。

「あ、はい」

え？　なに？

「入試ではやらかしてくれたな。教員の間で噂になってたぞ」

おお、入試の実技試験のことが噂になってるんだ！

パパと一緒だ！

「えへへ、それほどでも」

「褒めてない！　父親を上回る結果を出すとか言って無茶苦茶な魔法をぶっ放しやがって！」

「えー？　でも、魔法練習場壊れなかったよ？」

「魔王様が御好意で防御魔法を張り直してくれていたからだ！　それがなかったら壊れてたわ！」

「おー、あれ、パパが防御魔法張ったんだ。さすが！」

「さすが、じゃねえ！　教師も一緒に受けた他の生徒も吹っ飛んで大変だったんだぞ！」

「あ、あはは。そうでした」

「ったく……もう入場だから、大人しくしてろよ」

「はーい」

なんか、ヴィアちゃんに対する態度と全然違うなと思いつつ、先生の言う通り大人しく列に並んでいると、後ろから溜め息が聞こえてきた。

なんとなく気になって後ろを振り向くと、初等学院時代からの友達であるアリーシャちゃんがジト目でこっちを見ていた。

ちなみに、私の後ろはヴィアちゃん、マックス、レイン、アリーシャちゃんの順に並んでいる。

「シャルロットさん、貴女《あなた》ねえ……入学早々殿下を振り回してるんじゃありませんわよ」

「私のせいじゃないよ！　頭のおかしい男子が悪い！　ねえヴィアちゃん？」

「そうですわねえ。さすがの私も時間を忘れて唖然《あぜん》としてしまいましたもの。シャルのせいではありませんわ」

「男子？」

アリーシャちゃんはそう言うと、目の前に並んでいるマックスとレインに視線を移した。

話を振られたマックスとレインは、なんのことか分かっていないのかアリーシャちゃんを見ながら首を傾げている。

男子二人に見つめられたアリーシャちゃんは、ポッと頰《ほお》を赤くして視線を逸《そ》らした。

「で、殿下がそうおっしゃるのでしたら仕方がありませんわね。次からは気を付けなさい」

「いや、だから、私のせいじゃ……」

「ウォルフォード、お前、いい加減にしろよ？」

「ひゃわ⁉」

結局、なんでか私のせいになりそうだったのでアリーシャちゃんに抗議しようとすると、後ろから先生の低い声が聞こえてきた。

なんで私⁉

そう思って後ろを振り向くと、ヴィアちゃんを初めアリーシャちゃんもおすまし顔で素知らぬ顔をしていた。

「う、うらぎりもの……」

変わり身早すぎない⁉

あ、私だけ後ろ向いてたから先生の接近に気付かなかったんだ。

お、おのれ……。

「殿下たちもちゃんと見ていましたよ。本当に静かにしてください」

「あら、バレてしまいましたわ」

ヴィアちゃんはそう言うと、ペロッと舌を出した。

可愛いな、くそぅ。

王国一の美少女と言われているヴィアちゃんがそういう態度を取ると本当に可愛い。

王女様なのに気取ったところがないし、傲慢な振《ふ》る舞《ま》いもしない。

誰にでも気さくに接し、悪戯《いたずら》がバレるとこんな顔もする。

こんなヴィアちゃんに絆《ほだ》されない男がいるだろうか？

現に先生も、デレッとした顔をしている。

先生なのに……と思ってジト目を向けると、焦ったように「コホン！」と咳払いをした。

「と、ともかく、もう入場ですので……」

先生がそこまで言ったところで講堂から魔道具で拡声《かくせい》された声が聞こえてきた。

『それでは、新入生の入場です』

「よし、行くぞ」

なにごともなかったように先生がそう言うと、目の前の扉が開かれ大きな拍手が聞こえてきた。

在校生と保護者の皆さんだ。

その盛大な拍手の中を先生のあとに続いて中に入っていく。

っていうか、この先生が私たちの担任なんだ。

簡単にヴィアちゃんに絆されてたけど、大丈夫か？


そんなことを思いつつも席に到着したので大人しく着席する。

私たちSクラスに続いて、Aクラス、Bクラス、Cクラスと入場してきて、全員が着席し入学式が始まった。

パパの元担任だったという学院長、現生徒会長の挨拶《あいさつ》が終わり、新入生代表挨拶の番になった。

『新入生代表、シャルロット＝ウォルフォード』

「はい！」

新入生代表挨拶は、入試首席が行うと決められている。

たとえその年の新入生に王族がいたとしても、首席が取れなければ挨拶はできないのだ。

私は緊張しつつ、壇上《だんじょう》へ上がった。

緊張を解《ほぐ》そうと、一つ大きく息を吐《つ》く。

そして、新入生、在校生、保護者の席をゆっくりと見回す。

あ、パパとママがいた。

二人は超有名人だから、学院に着くなり特別室に連れて行かれたんだよね。

なんだか心配そうな顔をしているので、安心させるためにニッコリと微笑んだ。

余計に不安そうな顔になった。

なんで？

なんか腑《ふ》に落ちないけど、ちょっと緊張が解れたのでいい感じで挨拶できそう。

『春の暖かな日差しの中、この名門アールスハイド高等魔法学院に入学できたことを心から嬉しく思います』

『私は、父も母も兄もこの高等魔法学院の卒業生です。なので、私もこの学院に入学することが幼いころからの夢でした。特に、父と母が在学中に成したことは私よりも皆さん……特に保護者の方々の方がよく知っているかもしれません』

保護者席から頷《うなず》きとクスクスという笑い声が聞こえてきた。

パパとママを見ると……あれ？　二人揃って俯《うつむ》いてる。

『そんな生徒の自主性を重んじるこの学院だからこそ、私はずっと入学したいと思っていたのです。そして今日、その夢は叶いました』

今度は新入生たちが頷いている。

皆も同じ気持ちなんだね。

『しかし、この学院に入学することがゴールではありません。むしろここからが本番だと思っています。今回、私は首席で入学することができましたが、皆さんこの学院に入

学できるほど優秀であるので今後も首席でいられるとは限りません』

敵を作らないためにも、謙虚《けんきょ》に振る舞わないとね。

『しかし、父や兄がそうであったように、できれば私も首席で卒業したいと思っています。なので、その座を明け渡すことのないように努力していきます。皆さん、共に切磋《せっさ》琢磨《たくま》してまいりましょう。そして、今のところ学院の黄金世代は父と母のいた世代だと言われているのを覆《くつがえ》してやりましょう！』

私がそう宣言すると、在校生も含めた生徒のいる辺りがザワッとした。

笑った、というより苦笑が漏れたって感じ。

なんで？

『と、とにかく、この魔法教育における最高学府で指導が受けられることをとても楽しみにしております。なので、先輩方、先生方、ご指導ご鞭撻《べんたつ》のほどよろしくお願いいたします。新入生代表、シャルロット＝ウォルフォード』

なんか最後微妙な感じになったけど、失敗せずに挨拶を切り抜けられた。

拍手の中、ホッとして席に戻るとヴィアちゃんが手を叩きながら微笑《ほほえ》んで迎えてくれた。

「ちゃんと練習通りにできてましたよ。お疲れ様」

そう、入試首席が判明し、新入生代表挨拶をしなければいけないとなったあと、ヴィアちゃんと一緒にたくさん練習したのだ。

なんせ、今までの初等・中等学院では、こういった挨拶は全部ヴィアちゃんがやっていた。

王族なもんで。

初等・中等学院は、身分を振りかざしてはいけないと言われていたが、身分による上下はあったので、王族が挨拶しないとかありえなかったのだ。

なので、ヴィアちゃんにとってはこの手の挨拶はお手の物。

というこことで原稿の推敲《すいこう》を頼んだり実践練習を見てもらったりしていたのだけど……。

「はぁ……緊張した……でもさあ、なんか途中微妙な空気になんなかった？」

私がそう言うと、ヴィアちゃんはちょっと困惑した顔になった。

「そうですわねえ……なぜかしら？」

二人してなんでだろう？　と首を傾げていると、ヴィアちゃんの隣に座っているマックスが溜め息を吐《つ》いた。

「なに？　なんか言いたいことあんの？」

「んー、まあ、なんで分かんないのかな？　とは思うけど」

「なにが？」

「それより、今からオーグおじさんの挨拶だよ。静かにしな」

「……あとで教えてよ」

「おう」

学院長、生徒会長、新入生の挨拶が終わったあとは来賓《らいひん》の挨拶だ。

来賓の最高位は国王陛下。

つまり、ヴィアちゃんのお父さんだ。

ヴィアちゃんのお父さんであるオーグおじさんは、数年前に国王に即位し、すでにアールスハイド歴代最高の名君と呼ばれている。

元々英雄として有名だからなあ。

権力的にも物理的にも逆らうことは不可能なので、アールスハイドの歴史の中でも今が一番落ち着いた治世になっているそうだ。

おじさん、怒ったら超怖いもんな……。

怒られないように、大人しくしとこ。

『新入生諸君、入学おめでとう。今年も、アールスハイドの次代を担う若者たちが難関を突破し、この場に集ってくれたことを心から喜ばしく思う』

そう言って僅かに微笑んだオーグおじさんに、講堂中から黄色い歓声《かんせい》が上がった。

……特に保護者席が大きかったように思う。

オーグおじさんは、ヴィアちゃんのお父さんだけあって超美形。

　そして、ヴィアちゃんのお父さんということは、生徒の親たちとも歳が近い。

　多分、学生のころとかオーグおじさんに憧れてたりした人たちなんだろう。

『こうして毎年この学院に来ると、ここに通っていたときのことを昨日のことのように思い出す。非常識な友人に毎日振り回された日々をな』

　オーグおじさんがそう言うとあちこちから笑いが起こった。

『その友人に振り回された結果、私たちの世代はこの学院の黄金世代と呼ばれるようになった』

　オーグおじさんはそう言うと、私を見てニヤッと笑った。

　え？　なに？

『先ほど、新入生代表が、私たちの世代を超えると宣言したな。素晴らしい宣言ではないか。しかも、奇《く》しくも私が振り回された友人の娘だ。もしかしたら、黄金世代という評価は覆ってしまうかもしれんな』

　くそう、アレ、絶対無理だって思ってる顔だ。

　チラッと隣を見ると、ヴィアちゃんがプクッと頬を膨らませていた。

　そんな顔も可愛いな、おい。

『私は、いつでも優秀な魔法使いの出現を期待している。それは新入生はもちろん、在校生たちも同じだ。これからも、たゆまぬ努力を続けることを切に願う』

オーグおじさんはそう言うと、颯爽《さっそう》と壇上から降りてしまった。

降り際、もう一度私たちの方を見てニヤッと笑った。

「ヴィアちゃん……」

「ええ……」

私とヴィアちゃんは、お互いに顔を見合わせた。

「「絶対、私たちが黄金世代だって言わせてやろう」」

異口同音にそう言った私たちは頷き合った。

「……どうだろうな」

「「ん？」」

「いや、なんでもない」

私とヴィアちゃんが決意し合っていると、マックスの声が聞こえてきた。

そういえば、さっきの言葉の意味も聞いてなかった。

なによ、もう！　あとで絶対聞き出すからね！

入学式は恙《つつが》なく終わり、クラスごとに教室に移動する。

そこで最初のオリエンテーションが行われ、解散となる。

私たちが向かっているのは一年Sクラス。

かつてパパとママ、お兄ちゃんが通っていた教室。

昔から教室の位置は変わっていないそうなので、その教室でパパもママもお兄ちゃんも授業を受けていた。

その教室に、私たちも足を踏み入れた。

「よし、じゃあ黒板に書いてある席に座れ」

先生の言葉で黒板を見ると、そこには席順が書かれていた。

なるほど、入試順位で決めてるのね。

各々が自分の席を確認し着席すると、先生が教壇《きょうだん》に立った。

「さて、それでは改めて入学おめでとう。俺がこのクラスの担任になるアルベルト＝ミーニョだ。元魔法師団所属で、この学年の主任も務めることになっている。よろしくな」

「元魔法師団ってことはマーカス学院長と一緒だ！」

「そうだな。俺は魔法師団では新人教育なんかにも携わっていたから、それでスカウトされたわけだ」

「へえー」

「魔法実技も俺が受け持つことになっている。その他の座学は別の先生になる」

「はい！　先生！」

「なんだ？　ウォルフォード」

「魔法実技って、魔道具作りや治癒魔法の授業なんかもあったりするんですか？」

私がそう訊《たず》ねると、先生は首を横に振った。

「授業ではやらないな。付与魔法を授業で教えるのは高等工学院だ。治癒魔法は神学校だな。ただ、研究会には魔道具製作や治癒魔法の実践をしている研究会もあるので、興味があるならそちらに参加してみるといい」

「そうなんだ。分かりました」

「他に質問はあるか？　なければ順番に自己紹介してもらおう。まずは、ウォルフォードから」

「はーい」

先生に指名されたので席を立つ。

「えーっと、シャルロット＝ウォルフォードです。シャルって呼んでください！　この学院に入るのはずっと夢だったので今凄くワクワクしています！　みんな、これからよろしくね！」

私はそう言って席に着いた。

私が一番だったので、次は次席だ。

「皆さま、ごきげんよう。オクタヴィア＝フォン＝アールスハイドでございます。ご存じの通り、私の父はこの国の王であるアウグストですが、この学院は完全実力主義の付度なしと伺っております。皆さまが魔法で対等に語り合ってくださることを願っておりますわ」

ヴィアちゃんはそう言って微笑むと、席に着いた。

クラスメイトの半分は初対面だが、今の微笑みで男女問わずハートを撃ち抜かれたな。

男子は真っ赤で、女子もほんのり赤くなってる。

「えー、俺はマックス＝ビーンです。うちはビーン工房って工房をしてます。将来は工房を継ぐ予定なので、その名に恥じないように頑張りたいと思っています。よろしくお願いします」

マックスは、さりげなく自分ちの工房を宣伝したな。

アールスハイド一大きい工房なんだから、そんな営業活動なんかしなくてもいいんじゃないの？

マックスは入試三位という成績で入学したけど、魔法を習っているのは全て工房を継ぐため。

三位になるほど魔法を頑張ったのは、工房では付与魔法も行っていて使える魔法は多ければ多いほどいいから。

ただ、それだけの理由。

最強の魔法使いになりたいとか、そういう意欲はマックスにはない。

そういえば、入学式のときの意味深な台詞《せりふ》の答えを聞いてないぞ。

オリエンテーションが終わったら詰問《きつもん》しよう。

「レイン＝マルケス。よろしく」

……。

え？　終わった？

嘘でしょ⁉

名前言って終わりなんて、そんな自己紹介ある⁉

……コイツならありえるか。

入学式前の発言といい、本当にレインがなにを考えてるのかサッパリ分からない。

レインのお母さんも把握してないいんじゃないかな？

レインのお母さんは私の剣術の師匠なんだけど、時々レインを見て溜め息吐《つ》いてるし。

あの超強いおばさんを困惑させるとか、ある意味凄い。

「私はアリーシャ＝フォン＝ワイマールですわ。他の皆さんはともかく、シャルロットさんにだけは負けたくありませんので、よろしくお願いいたしますわ」

わあ、入学早々宣戦布告されちゃったよ。

アリーシャちゃんからは、初等学院の頃から常にライバル視されている。

最初に会ったときは魔法とかあんまり興味なさそうだったのに、いつの間にか高等魔法学院に入学するほどの実力を身に付けてた。

それにしても、アリーシャちゃんって伯爵《はくしゃく》令嬢なんだけど、将来はどうするんだろう？

昔は貴族令嬢として、どこかの貴族子息と交際して嫁ぐつもりだったんだろうけど、今は大分《だいぶ》その道からズレている。

……なんか、私への対抗心だけで行動しているみたいで不安になる。

将来のこととか考えてるんだろうか？

「私はセルジュ＝フォン＝ミゲーレ。私は偶々《たまたま》魔法の素質があって、特に興味もなかったのだけど周りの推薦《すいせん》もあってこの学院を受けてみたら合格してしまってね。だから、あまり目標というものはないかな。まあ、それでもSクラスから落ちるようなことはないだろうけどね」

初めて会ったクラスメイトの一人目であるセルジュ君は、そう言ったあとなぜかこちらに……というかヴィアちゃんに向けてウインクしてから着席した。

……うわ、キモ。

なに？　今のウザアピール。

必死に勉強したり訓練したりした私たちに対する嫌味？

っていうか、なんか自分は魔法の才能があるから大して努力せずに合格したって自分のことアピールしようとしてるみたいだけど、その言葉、ヴィアちゃんも貶《おとし》めてるのに気付いてないのかな？

チラッとヴィアちゃんを見ると、メッチャ不機嫌そうな顔してる。

ヴィアちゃん、王女様で色々忙しいのに、Sクラスで合格したいからって凄く努力してたのに。

セルジュ君は、ちょっと癖のある金髪と青い目の、いかにもお貴族様って感じの男の子だ。

多分、このクラスでヴィアちゃんと釣り合いが取れるのは自分だけだとか思って、チャンスだとか思ってるんだろうなあ。

無駄なのに。

「私はデボラ＝ウィルキンス。そこのお貴族様と違って必死に机に齧《かじ》り付《つ》いて勉強して、血反吐《ちへど》を吐《は》く思いで訓練してようやくこの学院に入学できた凡才です。家に英雄もいませんし大きな商売もしていない、本当にごく普通の庶民《しょみん》です。よろしくお願いします」

……なんか、セルジュ君とは別の意味で凄い子だな。

デボラさんは、肩くらいまでの黒い髪のボブカットの女の子で、カチューシャをしている。

ちょっと気の強そうな顔の美人さんなんだけど、さっきの発言から内面も相当気が強そうだ。

当てつけのように言われたセルジュ君やマックスは顔がひくついている。

ちなみに、私もその対象だったんだけど、今みたいなことはずっと言われ続けているので慣れている。

まあ、慣れてるとはいえあんまり気持ちのいいものではないけどね。

「俺はハリー＝フォン＝ロイター。一応貴族の人間だが、将来は魔法師団に入りたいと思っている。このクラスには魔法師団長の息子もいるようだし、一緒に切磋琢磨していければと思っている。よろしく頼む」

おお、二人続けてどうなの？　っていう自己紹介が続いたからハリー君が凄くまともに見える。

実際、ハリー君は背が高くガッシリしていて、顔付きも真面目そう。

自己紹介の内容から内面も真面目なんだろう。

これは、良いライバルが現れたかもしれない。

けど、どうもハリー君はレインのことを意識している様子。

……大丈夫かな？

レインって、かなりの変人だよ？

ハリー君、幻滅しないだろうか？

「あ、えっと、僕はデビット＝コルテスです。僕は、地域の中等学院じゃあ誰にも負けたことなかったんだけど、さすが高等魔法学院ですね。僕より上位が八人もいる。鼻っ柱をへし折られました。これから慢心しないように頑張りますので、よろしくお願いします」

ああ、ここってそういう場所だってよく聞くよね。

各中等学院で魔法実技トップの人間が合格できる学院だって。

それを考えると、アールスハイド王立学院は私たちと、セルジュ君とハリー君を含めた七人をSクラスに送り込んでいるんだから、相当優秀な学院だよね。

そう、セルジュ君もハリー君も、中等学院までに学院で見たことはあったんだ。

話したこともないし、名前も知らなかったけどね。

デビット君もデボラさんと同じ平民だね。

彼はデボラさんほどトゲトゲしてなくて、自分で鼻っ柱を折られたって言うくらいだから多分いい人。

髪は柔らかい茶色で優しそうな顔してるし、魔法実技トップだったなら中等学院で相当モテたんだろうなって想像できる人だ。

「あ、えっと、私はマーガレット＝フラウです。私の家も、特に特徴のない庶民です。なので、皆さんの邪魔にならないようにしますのでよろしくお願いします」

最後に自己紹介したマーガレットさんの挨拶にちょっと「ん？」ってなった。

家が庶民だからってどういうこと？

この学院は実力主義で、王族だとか貴族だとか庶民だとかあんまり関係ない。

あくまで学院内の成績とかの話だから、あんまり無礼な態度は窘《たしな》められることはあるけど、そんなの普通の学院生活を送っていれば気になるようなことじゃない。

どういう意図での発言なんだろう？

全員の自己紹介が終わった時点で、ちょっとモヤモヤしてしまった。

「よし、これで全員終わったな。じゃあ、今日はこれで終了だ。明日から通常の時間に登校するように」

先生はそう言うとさっさと教室を出て行ってしまった。

「行きましょうか、シャル」

先生が出て行ったあと、ヴィアちゃんが話しかけてきてくれたけど、その前に私は気になることがあった。

「あ、うん。ちょっと待ってもらってていい？」

「ええ、いいですわよ」

ヴィアちゃんの了承を得て、私は席を立ってマーガレットさんの席に向かった。

「や。初めまして」

私が声をかけると、マーガレットさんはビクッとして顔をあげた。

その目には、なんだか怯《おび》えが入っているように見えた。

「えっと……なんでしょうか？」

マーガレットさんは、本当に怯えているようで、恐る恐るといった感じの上目遣いで訊ねてきた。

え、なんで？

私、マーガレットさんに怯えられるようなこと、なにかしたかな？

「あ、えっと、せっかくクラスメイトになったんだからさ、友達になりたいと思って……ほら、私も同じ平民だから……」

私がそう言ったとき、後ろから「ハッ」っという鼻で笑う声が聞こえてきた。

その声がした方を見ると、デボラさんが私を睨《にら》むように見てた。

「同じ平民？　アンタ、なに言ってんの？」

「え？」

なにって……私の家は爵位《しゃくい》を持っていない。だから平民で間違いない。

なのに、デボラさんは私のことを睨んだまま近付いてきてマーガレットさんの隣に立った。

「アンタの家は、確かに爵位は持ってないかもしれない。けどね、ひいお爺さんが賢者で？　ひいお婆さんが導師で？　お父さんが魔王様で？　お母さんが聖女様？　それに加えて王女様の幼馴染み？　それなのに同じ平民だから仲良くしよう？　ハッ！　私らを馬鹿にするのも大概にしなさいよ！」

「え⁉　そ、そんな、馬鹿にしてなんか……」

あまりにも強く言われたので、頭が混乱してそんなことしか言えなかった。

「してるわよ！　アンタ、自分の家がどんな家か理解してないの⁉　爵位は持ってなくても大きな商会持ってて資産も莫大で！　そこらの貴族なんかよりよっぽど力持ってんじゃないのよ！　それなのに私らと同じ平民だから仲よくしよう？　アンタが言うと、施《ほどこ》しを受けてる気分になんのよ！　それくらい分かりなさいよ！」

「……」

私はショックを受けた。

自分が恵まれているのは知ってた。理解してた。

でも、初等・中等学院時代にも普通に話してくれる平民の子はいたから、ここでも同じようにしてくれると思っていた。

デボラさんの言葉になにも言い返せなくて黙っていると、マーガレットさんが口を開いた。

「あ、あの……お誘いは嬉しいんですけど……シャルロットさんはウォルフォード家の人ですし、シャルロットさんとお友達になるということは王女殿下とも接しないといけないんですよね？」

マーガレットさんは恐る恐るヴィアちゃんを見ながらそう訊ねた。

「そうですわね。シャルは姉妹同然に育った私の親友。シャルと友人になるということは、必然的に私とも交流を持つことになりますわね」

ヴィアちゃんがそう言うと、マーガレットさんは青くなって俯いた。

「む、無理です！　私みたいな庶民が王族の方とこうしてお話しすることすら考えたこともないのに……」

青くなってカタカタ震えるマーガレットさんの肩をデボラさんが抱いた。

「そういうわけですので、殿下も、私たちとは関わらないで頂きたいと思っています。不敬なのは重々承知なのですが……」

さすがにヴィアちゃんには敬語で話すデボラさんだけど、自分たちに関わるなという気配は凄く感じる。

ヴィアちゃんは、小さく息を吐《つ》いたあと気にした様子もなく話し始めた。

「こういうことは無理強《むりじ》いするものではありませんし、承りましたわ。ただ、クラスメイトですので多少の交流があることはご承知くださいませ」

「はい。それは分かってます。それで十分です、ありがとうございます」

デボラさんはそう言うと、マーガレットさんと二人揃ってこちらに頭を下げ、教室を出て行ってしまった。

その後ろ姿を私は呆然《ぼうぜん》と見送ることしかできなかった。

ヴィアちゃんは、小さく溜め息を吐《つ》いたあと私を促して特別室に連れて行ってくれた。

その間、なにもしていないのに交流を拒否してきた二人のことが頭から離れなかった。

放置された男子たちのことは、全く頭になかった。

入学式が終わったあと、私はパパたちと合流し家に帰ってきた。

さっきデボラさんとマーガレットさんに言われたことがショック過ぎて落ち込んでいたらパパとママに心配されてしまったけど、本当のことなんて二人には言えない。

結局、なんでもないって誤魔化して、理由を言うことができなかった。

「はぁ……」

一緒に家まで帰ってきたヴィアちゃんと自分の部屋に入った私は、すぐに大きな溜め息を吐《つ》いてしまった。

「随分《ずいぶん》落ち込んでいますわね」

私の様子を見たヴィアちゃんがそう言うけど、あれは落ち込むでしょ。っていうか、見てたんだから分かってるだろうに。

「ヴィアちゃんは平気そうだね」

私と違ってなんだか平気そうなヴィアちゃんにそう言うと、ヴィアちゃんはちょっと寂《さび》しそうな顔になった。

「私は王女ですもの。ああいう反応が普通なのですわ。昔は、皆にシャルと同じような感じで接してもらえないかと思っていたのですけど、今はもう諦めましたわ」

あー、そっか。

幼いころ……それこそ生まれたての赤ちゃんのときからヴィアちゃんとはずっと一緒に過ごしてきた。

だから、私に……というか、私たちにヴィアちゃんに対する遠慮とかはない。

これが貴族の家の子なら途中で矯正《きょうせい》とかされるだろうし、そもそもこんな風に接したりはしない。

現に、トールおじさんのとこの子やユリウスおじさんのとこの子はヴィアちゃんの弟である王子様と同い年だけど、私たちみたいな関係じゃない。

主と臣下《しんか》っていう関係がピッタリくる。

けど、私たちは平民だからか、そういう矯正はされなかった。

オーグおじさんが平民であるパパと仲が良くて、子供にも立場の関係ない友人を作ってやりたかったとかで、最初はヴィアちゃんが王女様ってことも知らなかった。

それもこれも、私が平民だから。

だから、私は貴族じゃなくて平民なんだって、ずっとそういう意識でいた。

それを、デボラさんとマーガレットさんに全面否定された。

「家族のこと引き合いに出されても、それは私のせいじゃないじゃん。なんでそんなことで拒絶されなきゃなんないの？」

「それだけ『ウォルフォード』の名は大きいということですわ」

デボラさんが私に向かって言った言葉を思い返しているとムカムカしてきたので思わず愚痴《ぐち》ると、ヴィアちゃんがすぐに反応した。

「英雄一家ウォルフォード。ここアールスハイドにおいてこれほど重い名前はありませんのよ？」

「それは知ってるよ」

ウチの家族が周りからどういう風に見られているかなんて今更だ。なんでそんなこと言うんだろう？

そう思っていると、ヴィアちゃんは私を真っ直ぐ見た。

「じゃあ、シャルのことは？」

「私？」

「ええ。賢者様と導師様の曽孫で、魔王様と聖女様の娘。家に帰ればそんな英雄たちに出迎えられ、最高の環境で魔法を習うことができる貴女が周りからどう見られているか知っていますか？」

「……」

なんか、ヴィアちゃんの言葉に棘がある気がするけど……今の言葉の流れからすると、私のことは……。

「贅沢者《ぜいたくもの》」

そう思われている気がする。

「その通りですわ。むしろ、私ですらこんな恵まれた環境にいるシャルのことが羨ましいと思うことがありますのに、ましてやデボラさんやマーガレットさんたちからすれば、どう見えるでしょうね？」

そういえば、デボラさんは自己紹介のときに必死に勉強して練習して、ようやく合格したって言ってた。

その勉強や練習は誰に見てもらったのか。

多分、中等学院の先生だ。

私は……。

「でも、そんなの、私がたまたまそういう環境にいただけで、別に自慢するつもりは……」

「シャルにそんなつもりがなくても、デボラさんからしてみれば面白くないでしょうね。自分はこんなに苦労したのに、シャルは最高の環境にいた。それなのに、同じ平民だから仲良くしようなんて言われてどう思ったでしょう？」

「……だから馬鹿にしてるのかって言ったんだ」

私が彼女たちと同じなのは『爵位の有無』だけ。

それなのに、自分と同じとか言う私にムカついたんだ。

「じゃあ……私はどうしたら良かったの？」

「普通に、クラスメイトになったから仲良くしよう、で良かったんですわ。余計な一言が彼女たちに壁を作らせてしまったのです。お陰で私まで巻き添えですわ」

「……ごめん」

「別にいいですわよ。さっきも言いましたけど慣れてますから」

そっかー、ヴィアちゃんも巻き込んじゃったかあ。

「ホントごめん。せっかく、ヴィアちゃんが私以外の友達を作るチャンスだったのに」

私がそう言うと、ヴィアちゃんの額に血管が浮いた。

あ、やば。

「……余計なことを言う口はこの口ですか？」

「いひゃ！　いひゃいよふぃあひゃん！」

ヴィアちゃんにほっぺたを摘まれた。

「お友達は、シャル以外にも、います、わよ」

ちゃん。

「うにゃ！　へにゃ！　むにぃ！」

言葉を区切りながら、それに合わせて私の頬っぺたを上下左右にこねくり回すヴィア
ちゃん。

お陰で変な声が出ちゃったよ。

ようやく手を離してくれたヴィアちゃんを恨みがましく見ながら、さっきの言葉の真
偽を問うた。

「うー、いたた……じゃあ、他に誰がいるのさ？」

「……アリーシャさんはお友達ではありませんの？」

「アリーシャちゃんかあ……」

確かに、初等学院入学式からの付き合いだから、彼女との付き合いはもう今年で十年
目だ。

普通なら立派なお友達。

むしろ、幼馴染みと言っていい付き合いだろう。

けどなあ……。

「アリーシャちゃん、いつまで経ってもヴィアちゃんに対して敬語が抜けないからなあ。

お友達ってより臣下って感じじゃない？」

私がそう言うと、ヴィアちゃんは呆れた顔をした。

「貴族家の御令嬢としてはありえないくらい砕けてますわよ？　アリーシャさん」

「あれで⁉」

「ええ。以前、私に対して馴れ馴れしすぎないかと詰め寄られているのを見たことがありますわ。もちろん、私が望んでそうしてもらっていると説明したら皆さん納得してくださいましたけど」

ヴィアちゃんの説得……。

その様子を想像して……思わずブルッと背筋が震えたのでそれ以上の想像は止めた。

説明された人たち、トラウマになってなければいいけど……。

「それよりも、シャルはアリーシャさんのことをお友達とは思っていませんの？」

「私？　私は友達だと思ってるけど、アリーシャちゃんの方がなあ……友達というよりライバル視されてる気がする」

私がそう言うと、ヴィアちゃんはクスクス笑った。

「ライバルもお友達ではなくて？」

「え？　あ、そういえばそうかも」

「それに、マックスやレインもお友達ですわ」

「あー、そういえばそうだった。あまりにも自然と側にいるから、友達とかいう感覚がなかった」

「兄弟的な？」

「そうそう。となると、誕生日が一番早いレインがお兄ちゃんか……」

二人揃って少し考えたあと、同じく揃って首を振った。

「ないな」

「ないですわね」

揃って同じことを言ったので、顔を見合わせて笑ってしまった。

「あの二人のことはいいや。それより、明日からどうしよう」

デボラさんとマーガレットさんに拒絶されてしまったからなあ、明日からどんな顔して付き合えばいいのやら。

「別にどうもしなくていいのでは？　向こうも関わらないでほしいと言っていますし、そもそもクラスメイト全てと仲良くしなければいけない道理などないでしょう？」

「それはそうなんだけどさあ」

なんかモヤモヤするんだよ。なんでだろ？

理由が分からなくて首を傾げていると、ヴィアちゃんがなにか思い付いたようだ。

「もしかして、お父様やおじさまたちがクラス全員仲が良かったから、シャルもそうしたいと思ってたんじゃないですか？」

そう言われて、ピンと来た。

「あ、それだよ！　高等魔法学院でパパたちのクラスは全員仲が良かったから、私もそうなりたいって思ってた！」

私はパパみたいになりたいと常々思っている。

だから、パパが辿った足跡を私も辿りたいと考えていた。

学院への首席入学もそうだし、首席で卒業するという目標もそのためだ。

そんなパパのしたことの中に、クラスメイト全員でアルティメット・マジシャンズを結成したというのがある。

私は、それを真似したかったのか。

「そっかあ、それは意識になかったなあ」

「よほどおじさまのことを尊敬しているのね。でも、シャルはシャル。おじさまの真似をする必要はないのではないですか？」

ヴィアちゃんの言葉は、私の胸にストンと落ちてきた。そして、さっきまであったモヤモヤが晴れた気がした。

「それもそっか。私は私。パパの真似をする必要はない」

「そうですわ」

「あー、でもなあ。クラスメイトと仲が悪いのは、パパの真似《まね》云々《うんぬん》を置いておいてもそのままにはしておきたくないよねえ」

「それもそのうちでいいのでは？　初対面で打ち解けなくても、時間をかけて徐々にお互い理解を深めればいいのですよ」

そう言うヴィアちゃんに、私は感心してしまった。

「そうだね、ヴィアちゃんの言う通りだ」

「ところでシャル」

「なに？」

「女子の方は少しずつ距離を縮めるとして、男子の方はどうするのです？」

「男子？」

そう言われて気が付いた。

「男子のこと、放置して帰ってきちゃったね」

そのことに気付いた私たちは、また顔を見合わせ、苦笑し合ったのだった。

◆

シャルロットとオクタヴィアが連れ立って教室を出て行ったあと、残された者たちはお互いに顔を見合わせていた。

「王女殿下に関わるなと言い放つなど、なんという不遜《ふそん》な物言い！　許せない！」

シャルロットたちよりも先に出て行ったデボラの言い放った言葉に憤慨《ふんがい》するセルジュをマックスが宥《なだ》める。

「まあまあ、ここは高等魔法学院だよ？　王族や貴族が平民に無理強《むりじ》いすることは禁じられてる。デボラさんが関わりたくないって言うなら、それを拒否しちゃいけないんじゃない？　それに、平民が王族に馴れ馴れしくするよりいいんじゃない？」

マックスがそう言うと、ハリーがジト目を向けてきた。

「お前がそれを言うのか……」

ハリーにそう言われたマックスは、苦笑を浮かべた。

「あー、ゴメンねハリー君。ヴィアちゃんとは赤ん坊のときから一緒にいたから、なんか兄妹みたいでさ。そこはお目こぼししてもらえないかな？」

マックスがそう言うと、セルジュが詰め寄ってきた。

「ということは、お前が殿下に抱いている感情は兄妹としての感情なんだな⁉　恋愛感情ではないのだな⁉」

そのあまりにも必死な形相《ぎょうそう》に、マックスは思わず後退《あとずさ》りしてしまった。

「あ、ああ、うん。俺はそうだね。レインもそうだと思うよ」

話を振られたレインは、キョトンとした顔をしながら答えた。

「ヴィアは妹。それ以上でもそれ以下でもない」

四人の中では一番誕生日が早いレインは、他の三人のことを弟妹だと思っている。

まさかシャルたちが、家でレインが兄なのはありえないと言っていることなど想像もしていない。

レインがオクタヴィアを呼び捨てにしたことで、セルジュたちの顔が強張《こわば》った。

「お、お前、オクタヴィア王女殿下を愛称で呼び捨てにするとは……」

セルジュの顔には驚愕《きょうがく》と、若干《じゃっかん》の嫌悪が見られた。

すると、レインの横にいたアリーシャが小さく息を吐《つ》いた。

「初めてだと驚きますわよね。私も初めてレインが殿下のことを呼び捨てにしたときは驚きましたけど……長年側で見てきた私から見ても、この四人は幼馴染みというより兄妹という方がしっくりきますわね。特にシャルロットさんはお父様同士が親友ということもあって特に仲がよろしいですわ。それこそ、姉妹と言ってさしつかえないほど」

アリーシャがそう言うと、ハリーが唸った。

「魔王シン＝ウォルフォード様とアウグスト陛下か……最早《もはや》生ける伝説と言っていいお二人の息女だ。そうであっても無理はないか」

ハリーがそう言うと、デビットが頭をポリポリ掻きながら口を開いた。

「いやあ、僕はマーガレットさんの気持ちが分かるよ。そんなお二人とクラスメイトになっただけでも恐縮なのに、仲良くしようなんて……畏《おそ》れ多くてできないよ」

そう言うデビットに、マックスは苦笑を浮かべた。

「凄いのはお父さんたちであって、二人は本当に普通の女の子なんだけどね」

「それは分かるんだがな。如何《いかん》せんそのお父上たちが凄すぎる。正直言って、マックスとこうして対等に喋っているのも不思議なくらいだ」

ハリーにそう言われ、マックスは照れ臭いのか頬を掻いた。

「それこそ凄いのは両親であって俺じゃないし、俺は工房を継ぐことを望まれてるからね。俺自身もそのつもりだし。だから普通に接してくれると嬉しいかな」

マックスの言葉に、ハリーとデビットはフッと笑みを浮かべた。

「分かった。これからよろしく、マックス」

「よろしく、マックス！　レインもな！」

デビットがそう言うと、レインも無表情で頷いた。

「よろしく」

「私も、よろしくお願いしますわ」

「ああ！」

「よろしく」

レインに続いてアリーシャも声をかけると、デビットとハリーは了承した。

「ちょ、ちょっと！　私を除《の》け者《もの》にしないでくれ！」

目の前でクラスメイトが仲良くなっていく様を見せつけられていたセルジュが慌てて声をかけるが、皆驚いた様子で見つめてきた。

「な、なんだよ？」

「いや、片手間で入学したとか言ってたから、俺たちと仲良くする気なんかないと思ってた」

戸惑いながらマックスがそう言うと、セルジュは真っ赤になって怒り出した。

「ああそうさ！　お前たちなんか眼中にないね！　殿下と仲良くなれればそれでいいんだ！　じゃあな！　私に馴れ馴れしくしないでくれたまえ！」

セルジュはそう言うと、肩を怒らせて教室を出て行ってしまった。

その様子を呆然と見送っていたマックスたちだったが、セルジュの言葉を思い返し、その目的に気が付いた。

「あいつ……殿下を狙っているのか？」

ハリーが思わず呟いてしまったことを、皆も感じていた。

「確かに、自己紹介のときも露骨にヴィアちゃんのこと見てたな」

「見てた。ヴィア、ちょっと怒ってた」

「ですわねえ」

マックスたちの言葉に、デビットが驚いた。

「え⁉　殿下、怒ってたんですか⁉」

「それはそうだよ。皆、それこそシャルやヴィアちゃんだって相当努力してこの学院に入学したんだ。それを、なんとなく受けて合格しましたとか、俺たちを馬鹿にしてんのかと思ったし」

「下手なアピールして失敗してた」

セルジュがオクタヴィアへのアピールに失敗して怒らせていたのを思い出したのか、レインがクックと笑い出した。

「……レインって、笑うんだ」

「そりゃ笑いますわよ。貴方《あなた》、レインをなんだと思ってらっしゃるの？」

無表情から突如笑い出したレインを見て、デビットが驚いたように呟くと、長年の友人であるアリーシャがちょっとムッとしながら問い質《ただ》した。

「あ、いや。今まで表情が全然変わらないし、淡々としてたからさ。あんまり感情の起伏がないタイプかと思って」

「まあ、確かにあんまり表情が変わらないから誤解されやすいけど、ちゃんと喜怒哀楽は感じてるよ。ただ、マイペースなだけで」

「へえ、そっか。ごめんなレイン。変なこと言って」

「別にいい」

謝るデビットに、淡々と応えるレイン。

その顔が無表情だったので、やっぱりなにを考えているのかは分からないデビットだった。

「そういえば、レインはジークフリード魔法師団長の息子だよな？　やはり、お前も魔法師団に入るのか？」

ハリーにそう訊ねられたレインは、首を横に振った。

「俺は、諜報部に入る」

「は？　諜報部？」

「え？　なんで？」

レインの言葉に、ハリーとデビットは怪訝《けげん》な顔になる。

現魔法師団長の息子で、高等魔法学院に入学し、Sクラスに在籍しているレインが諜報部志望とは、どういうことなのか。

意味が分からなかった二人に、レインはドヤ顔をしながら言った。

「俺は、ニンジャになるから」

「「？？」」

「はは……」

「はぁ……」

ドヤ顔のままハリーとデビットに告げたレインを見て、マックスは苦笑し、アリーシャは溜め息を吐《つ》くのだった。

その後、男子四人は一緒に帰り親睦《しんぼく》を深めることに。

アリーシャは、伯爵令嬢であるため送迎があり、また年ごろの男たちの中に一人でいさせるわけにはいかないということで、一人で帰って行った。

自家用の魔動車に乗り込んだアリーシャは、車が出発しても仲良く街に繰り出そうとしている男子四人を恨みがましく睨んでいたのだった。

◇第二章◇　波乱の学院生活

次の日、通常の時間に登校した。

教室にはヴィアちゃんがすでに登校し席に着いていて、なぜかセルジュ君がヴィアちゃんの席の側に立っていた。

セルジュ君はなにやら自慢げに話をしていて、ヴィアちゃんは表面上は穏やかに、しかし内面は相当嫌そうに話を聞いていた。

なんで分かるかって？

生まれたときから一緒にいるんだもの、ちょっとの表情の変化で分かるよ。

「それでですね、今我が家の庭の花たちが見ごろを迎えておりまして、それは見事なものなのです」

「は、はあ。そうですか」

「あ、そうだ！　よければ見にいらっしゃいませんか？　そうだ、それがいい！」

「いえ、それはご遠慮いたしますわ」

「いつにしましょ……え？」

なんで当たり前みたいにヴィアちゃんが来てくれると思ったんだろう。

王女殿下だよ？

「私が特定の貴族家、特に異性の家に出入りすると邪推《じゃすい》する者もおりますから、おいそれとは伺えないのですよ」

「な、なら、私が特別な存在になれば……」

「特別の存在？　それはどういう意味でしょう？」

「どういう意味って……」

わあ、ヴィアちゃん、あれはワザとやってるな。

セルジュの言う特別なんて、恋人か婚約者って意味しかないじゃん。

それを分かったうえであんなこと言うとは、ヴィアちゃん、困惑してるだけじゃなくてちょっと怒ってるな。

「そういうわけですので、お誘い頂いて光栄ですが、訪問は遠慮させていただきますわ」

「し、しかし！　殿下はウォルフォード家にしょっちゅう行っているそうではありませんか！　それはいいのですか⁉」

「？　ウォルフォード家には父も祖父もしょっちゅう行っておりますのよ？　私が行っ

てはいけない理由がありまして？　それに、シャルとは姉妹も同然ですもの。ね？　シャル」

「え？」

セルジュ君からは後ろになっていたので、私が教室に入ってきたことは気付いていなかったみたい。

大分《だいぶ》前に私に気付いていたヴィアちゃんが私に話を振ると、ビックリした顔をして振り向いた。

「ヴィアちゃん、おはよー」

「おはようございます、シャル。昨日はお邪魔しましたわ」

ヴィアちゃんの言葉に、セルジュ君が目を見開いたあと、ぐぬぬ、って顔をした。

「あはは、全然いいよー。むしろ、ヴィアちゃんが帰ったあとディス爺ちゃんが来てさ、夜中までひいお爺ちゃんとお酒呑《の》んでベロベロになっちゃってさあ。ひいお婆ちゃんが怒っちゃって、そっちの方が大変だったよ」

「まあ、お爺様ったら」

昨日ヴィアちゃんが帰ったあとのことを教えてあげると、ヴィアちゃんは呆《あき》れた顔を見せた。

「本当に申し訳ありませんわ、シャル。もう、王位をお父様にお譲りになられてから、ますます羽を伸ばされるようになってしまって」

「あはは、いいよ。いつものことだもん」

私たちがそんな会話をしていると、後ろから「チッ」という舌打ちが聞こえてきた。

なに？ と思って振り返ると、デボラさんが忌々《いまいま》しそうな顔をしてこちらを見ていた。

側には困った顔をしたマーガレットさんもいる。

私、なにか彼女の気に障《さわ》ること……ああ、家に前国王が遊びに来るとか、普通なら自慢に聞こえるか。

「気にしなくてよろしいわよ、シャル」

「うん。分かってる」

妬《ねた》まれても、それが私の家なんだからしょうがないし、私は当事者であるヴィアちゃんに話をしただけで、デボラさんやマーガレットさんに自慢気に話したわけではない。

勝手に私たちの話を聞いて勝手に妬まれても、私にはどうしようもないのだ。

「しかし、あまり身内の話を外でするものではありませんわね。こういうお話はシャルの部屋でしましょうか」

「そうだね。今日もウチ来る？」

「今日……少しお待ちくださいまし」

ヴィアちゃんはそう言うと、異空間収納から自分の手帳を取り出した。

学院には侍女《じじょ》とか侍従は同伴できないからね。王女様とはいえ自分のスケジュールは自分で管理しないといけないのだ。

「ええ、今日は大丈夫ですわ」

「分かった。じゃあ、あとでウチに連絡しとくよ」

「ええ。お願いしますわ。私も連絡しておきますので」

ヴィアちゃんはそう言うと、私たちの会話から置いてけぼりにされていたセルジュ君を見た。

「まあ、そういうわけで、私たちは家族ぐるみの付き合いですの」

「そうだよ。それに、俺たちとも兄妹同然に育ったけど、俺やレインの家には気軽に来ないよ？　ヴィアちゃんは」

不意に聞こえてきた声に振り返ると、私のあとに登校してきたマックスと、まだ眠そうなレインがいた。

「おはよ、マックス」

「おう。おはよう、シャル」

私とマックスが挨拶《あいさつ》を交わしていると、アリーシャちゃんがレインのもとに駆け寄っていた。

「ああ、もう。また寝ぐせが付いてますわよ？」

「んむ？　ああ、おはよ、アリーシャ」

「はい、おはようございます。髪を梳《す》きますからジッとしていてくださいまし」

「ジッと……すぅ」

「立ったまま寝ないでください！」

「んはっ！」

「もう」

これは中等学院のころから見慣れた光景。

いつも寝ぼけ眼で寝ぐせを付けたまま登校してくるレインに業を煮やしたアリーシャちゃんが、かいがいしく寝ぐせを直してあげるのだ。

私は、その光景をニヤニヤしながら見ているのだが、いつもアリーシャちゃんに睨《にら》まれてしまう。

なんだよう。こんな公衆の面前でそんなことしてるのが悪いんじゃんかよう。

「あ、えっと、マックス……だったか」

「そう。おはよう、セルジュ」

マックスにそう挨拶をされ、一瞬顔を顰《しか》めたセルジュ君だったが、ここが高等魔法学院であることを思い出したのか、すぐに気を取り直した。

「殿下たちがお前たちの家に行ったことがないというのは本当か？」

「いや？　別に来たことがないわけじゃないよ」

「は？　今お前がそう言ったんだろうが」

「『気軽に』来ないだけで、来ることはあるさ」

「な、なら、私の家にも……」

「生まれたときから兄妹のように育った俺たち幼馴染みの家でも、異性の家だから相当気を遣ってるんだぜ、ヴィアちゃんは」

それ以上言わなかったけど、そこから先は言わなくても分かるよな？　という目付きになった。

マックスは、ビーン工房の跡継ぎになるために毎日鎚《つち》を振るっている。

そのせいか、同年代の男子に比べて体つきが逞しい。

背も高いし、精悍《せいかん》な印象を受ける。

マックスからそんな視線を向けられたセルジュ君は「う……」と言ったあと、すごすごと引き下がっていった。

ちょっと可哀想《かわいそう》な気もするけど、セルジュ君は明らかにヴィアちゃんを異性として狙っているから、間違いを起こさせないためにもちょっと強めに釘を刺しておくのもいいかもしれない。

「ありがとうございます、マックス」

ヴィアちゃんがそう言うと、マックスはヒラヒラと手を振った。

「別に、大したことはしてないよ。大変だな、相変わらず」

苦笑しながらそう言うマックスに、ヴィアちゃんは小さく溜め息を吐《つ》いた。

「本当に……どうしてこう次から次へと……」

いかにもこういう状況に辟易《へきえき》しているという態度のヴィアちゃんに、私たち二人は苦笑するしかない。

「そりゃ、王女様でこんだけ可愛けりゃねえ」

「お相手が決まったって公表でもしない限り、今後も後を絶たないんじゃないの？」

マックスはそう言ったあと、私たち以外には聞こえない小さな声で言った。

「その予定はまだないの？　進展は？」

聞かれたヴィアちゃんは、分かりやすく落ち込んだ。

「昨日は会えなかったんだよねえ」

「そうなんだ。忙しいんだな、シルバー兄」

「うう……」

そう、セルジュ君がどんなに頑張っても無駄だというのは、ヴィアちゃんには既に好きな人がいるから
その相手とは、私の兄、シルベスタ＝ウォルフォード。シルバーお兄ちゃんだ。

サラサラの銀髪に端整《たんせい》な顔と青い瞳、背はスラッと高く、身体も引き締まっている。

今年、この高等魔法学院を首席で卒業してアルティメット・マジシャンズに入団するほどの実力者でもある。

それに加えて、性格は穏やかで誰にでも優しく、勇敢《ゆうかん》で敵に向かっていく気概も持っている。

まさに完璧超人。

それが、私も大好きなシルバーお兄ちゃんなのだ。

ヴィアちゃんはお兄ちゃんのことが大好きで、どうにかして恋人になりたいと願っているのだが……お兄ちゃんからは妹扱いしかされていない。

まあ、それもしょうがないのかもしれない。

なんせ私たちが赤ん坊のときから面倒を見てくれていたのだ。

一人の女の子として見て欲しいと言われても、難しいのかもしれない。

なのでヴィアちゃんは、暇さえあればウチに来て、お兄ちゃんに女の子アピールをしているのだが、昨日はお兄ちゃんが仕事で帰りが遅く、会えないまま帰ったのだった。

今日も少ししかいられないらしいし、会うことはできないとヴィアちゃんも分かっているだろう。

「はぁ……」

だからだろう、机に突《つ》っ伏してアンニュイな溜め息を吐くヴィアちゃんに、思わず苦笑してしまった。

「まあ、週末は家にいるだろうから、そのとき会えるよ」

私がそう言うと、ヴィアちゃんはガバッと跳ね起きた。

「シャル！　週末は朝からお邪魔いたしますわ！　そして、そのままお泊まりいたしますわよ！」

「あ、はい」

「っしゃ！」

ヴィアちゃん、その掛け声と握り拳は王女様に相応しくないんじゃございませんかね？

突然落ち込んだ様子からご機嫌になったヴィアちゃんを、皆不思議なものを見る目で見ていたけど、王女様になにか言えるわけもなく、放置している間に先生が来てホームルームが始まった。

その後、先生の案内で学院を見て回って、研究会がある棟《とう》も見学した。

詳しい研究会の内容は、明日研究会の説明会があるのでそちらで紹介するとのことだったが、有名な研究会として、一番所属人数が多い『攻撃魔法研究会』、ひいお婆ちゃんが設立し優秀な魔道具士を輩出している『生活向上研究会』、パパが、魔法使いの在り方としてそれはどうなんだ？　って言ってた『肉体言語研究会』は今もあるとのことだった。

それより驚いたのは、聖女と呼ばれ世界最高位の治癒魔法士としても有名なママの使う治癒魔法や、その言動を研究する『聖女研究会』が出来ていたことだ。

……ママ、いつの間にか研究対象になっちゃってるよ……。

その他、ひいお爺ちゃんやひいお婆ちゃん、あとパパを筆頭とするアルティメット・マジシャンズの軌跡《きせき》を研究する『英雄研究会』もまだ健在とのことだった。

絶対、スカウトされる前に逃げよう。

そう、心に誓った。

次の日、予定通り研究会の紹介が行われた。

当初の予想通り、研究会紹介が終わった後、英雄研究会と聖女研究会からメチャメチャ熱心な勧誘をされた。

そりゃあ、研究対象の身内だものね。なんとしてでも取り込みたいだろう。それは分かる。

けど、その研究会が研究しているのは私の曽祖父母と父母。

頑なに入会を拒否していたが、あまりにもしつこいため「身内のプライバシーは明かせない」と言ったら、ようやく引き下がってくれた。

まあ、帰るときも諦めきれないって顔しながら帰って行ったけど……。

「うあぁ、疲れた……」

そんなこんなでひと悶着《もんちやく》あった研究会紹介が終わったあと、私は教室の机に突っ伏していた。

「ふふ、お疲れ様です、シャル。勧誘、凄かったですね」

「もー、なんで自分の親のこと研究してる研究会に私が入るって思ってるのかな」

私が不貞腐《ふてくさ》れ気味にそう言うと、ヴィアちゃんはクスクスと笑っていた。

「シャルにとってはただの家族でも、あの方たちにとっては違いますもの。貴重な情報源とでも思っていたのではないですか？」

ヴィアちゃんのあんまりな言葉に、私はムッとしてしまった。

「なにそれ？　私のことなんにも考えてないじゃん」

「世の中とはそういうものですわ。私も、皆さまから王女として見られていますけど、人格・感情を持った人間だと思っている人がどれほどいることやら」

なにやら疲れたようにそう言うヴィアちゃんに、さっきまでの怒りはどこかに行き、同情してしまった。

ヴィアちゃんは大国アールスハイド王国の王女様だ。しかも、とびきりの美少女。

皆がヴィアちゃんに憧れを持つし、中には勝手な人物像を思い描いて、それをヴィアちゃんに押し付けようとする人もいる。

実際、初等・中等学院時代にいたんだよ。

自分の理想をヴィアちゃんに押し付け、勝手に傷付いたって顔してる後輩が。


そのときのヴィアちゃんの寂《さび》しそうな顔は忘れられない。

だからこそ、私はオクタヴィア王女殿下ではなくてヴィアちゃんとして接している。

それが許される立場だったのもあるし。

そんなヴィアちゃんを前にしたら、自分の扱いがただの情報源だと言われても我慢できる。

でき……うん。

「そんなことより、今日から授業だよね！　どんな授業するのかなあ？」

なんか、また気持ちがやさぐれそうだったので無理矢理話題を変えた。

そう、高等魔法学院に入学して三日目、ついに授業が始まるのだ。

午前中はさっきの研究会紹介で、午後から早速魔法実践の授業なんだけど、どんな授業なんだろう。

話題転換のために切り出した話だったけど、なんかワクワクしてきた。

「そうですわねえ。シンおじさまが年々新しい魔道具を開発するので、授業内容が毎年変わっているそうですから、どんな授業になるのか見当もつきませんわね」

ちなみに、シルバーお兄ちゃんのときは、初めての授業でジェットブーツを履いてのマジカルバレーをやったらしい。

マジカルバレーは、今やプロリーグがあり各街にプロチームが存在する。

その熱は各国にも広がり、先年、ついに各国の代表が戦うワールドカップが開催された。

そんな国民に大人気のマジカルバレーだけれど、見るのと実際にやるのは別問題。

ジェットブーツを起動しながら体勢を維持し、魔法を込めてボールを打ち返すのは至難の業で、高等魔法学院に入学したばかりの学生に制御できるわけもなく最早《もはや》試合にすらならなかったたって言ってた。

今年もやるのかな？　どうなのかな？

ワクワクしながら待っているとチャイムが鳴り、担任であるミーニョ先生が入ってきた。

「よし、全員いるな。では、これから高等魔法学院に入学してから初めての授業を行う。初回は魔法実践の授業だから俺の授業だ。まず、全員に魔道具を配るからそれを首にかけろ」

そう言って先生が配った魔道具はペンダントだった。

「先生、これなに？」

私がそう聞くと、先生は意外そうな顔をした。

「なんだ？　ウォルフォードは知らなかったのか？　これは学院生のために魔王様が作られた魔道具でな、今から配る魔石を装着すると起動する」

「魔石？　ってことは常時起動？」

「そうだ。常に起動し、周囲二メートルに防御魔法を展開する」

「防御魔道具ってことですか？」

私に続いてヴィアちゃんも質問した。

「そうです。そして、この魔道具の本体、ペンダントトップが青いでしょう？」

「ええ」

「魔法が魔道具の発生させる防御魔法に当たると青から黄色、そして赤へと色が変わっていきます。そして、赤くなるとアラームが鳴り、それが鳴った方が負けです」

魔法を受けると魔道具の色が変わって、アラームが鳴ると負け……え？　ってことは、これ……。

「魔法使い用の対人戦闘訓練用魔道具⁉」

思わず大きな声をあげてしまった。

周りの皆も、ハッとした顔をして手元にある魔道具に視線を落とした。

「その通り。魔法は人に向けて使うには危険だからな。だから、今まで魔法の訓練は対人ではなく、固定された的に向かって行われていた。しかし、魔法を使う主な場面はどこだ？」

「……戦いの場」

魔法師団志望のハリー君がポソッといった。

「そうだ。魔物しかり、戦争……はここ数年起こっていないが、犯罪者を捕縛する際にも魔法は使うだろう。その際の標的は動いている。動かない的で練習して、効率があがるか？」

「あがらないです」

デビット君がそう答えると先生は大きく頷《うなず》いた。

「それを憂慮《ゆうりょ》した魔王様が作ってくださった。元は息子さんからの要望だと聞いている」

「お兄ちゃんが？」

なにそれ？　私は初耳だ。

「だからウォルフォードが知らないのが意外だったんだが、家ではそういう話はしないのか？」

先生がそう言うと、どこからか「ぷっ」と笑う声が聞こえた。

「自慢してる割には、自分の親のことなんにも知らないんじゃない」

少し馬鹿にしたような声で、デボラさんがマーガレットさんと話している。

そのことに、私はムッとした。

私は、今まで一度も自分がウォルフォードであることを、パパのことを自慢したことなどない。

それなのに、勝手な思い込みで私が自慢していると言っている。

ムカついた私は、わざと大きな声で先生に話しかけた。

「パパもお兄ちゃんも、家では仕事の話とかしないです。仕事とプライベートは分けるって言って」

「そうか、素晴らしいお考えだな。まあ、それなら知らなくても無理はないか」

そうしたら今度は「ちっ」って舌打ちが聞こえた。

なんなの？

なんでこんなに嫌われないといけないのよ。

思わずグッと拳を握ったら、隣の席のヴィアちゃんがそっと私の握り拳に手を添えてきた。

ハッとしてヴィアちゃんを見ると、怒っちゃ駄目、と微笑んで小さく顔を横に振った。

私なんかより、よっぽどこういう目に遭っているヴィアちゃんにこんな顔をされると、これ以上私が怒るのはな、とデボラさんのことは気にしないようにした。

そんな私たちのことには気づかず、先生は話を進めていた。

「まあ、そういうわけで今からの授業はこれを使う。ということはだ」

先生はそう言うとニヤッと笑った。

「お前らには、対人戦闘を行ってもらう」

先生がそう言った瞬間、教室内に衝撃が走った。

マジかあ。

魔法を人に向けて撃つなんて今まで一回もやったことないよ。

それは魔法の練習において一番やっちゃいけないことだからね。

そんな私たちなのに……さすが高等魔法学院。いきなりハードだわ。

というわけで、私たちは魔法練習場にやって来た。

魔法練習場までの移動中、誰もが緊張で口を利けなかった。

ちなみに、まだ魔石は貰《もら》ってない。

対戦を始める前に渡すって言われた。

ここで入学試験の実技試験やったんだよね。ちょっと懐かしい。

「ここにも魔王様が張り巡らされた防御魔法が仕込まれている。決して壊れることはないから存分に魔法を放てるぞ」

壊せるわけがないからかニヤニヤした顔で先生がドヤる。

……っていうか、さっきから先生、パパへのリスペクトが半端じゃないね。

自分のことじゃないのに鼻高々だ。

でも、そんなパパリスペクトの先生なのに、その娘の私には普通の対応だ。

それだけでも好感が持てるよね。

「では、組み合わせをしていくが、あまり実力差があっても評価が難しくなるので実力の近い者で組む。まあ、入試順位だな」

げ、ということは……。

「第一回戦は、ウォルフォードと殿下だ」

やっぱり！

初めての対人戦闘がヴィアちゃんだなんて……！

ああ！　私はどうしたら⁉

「よろしくお願いしますね、シャル」

「あ、うん。よろしくー」

悲劇の主人公っぽく言ってみたけど、パパの作った魔道具があるなら安心だ。

ヴィアちゃんの挨拶を受けて、私も軽く挨拶を返す。

それにしても、ヴィアちゃんが固定された的に向かって魔法を放っているところは見たことがあるけど、戦闘になるとどうなんだろう？

そんで、それは私にも言えることだ。

動いているヴィアちゃん相手に魔法を当てられるんだろうか？

いきなり未知数すぎるよ！

「では、魔石を渡す。ペンダントトップの裏に魔石をセットしたら、外れないようにしっかりとロックしろ」

「「はい」」

ロックは結構厳重で、確実に外れないようになってる。

私たちは、先生から受け取った魔石をセットしロックした。

その途端、私たちの周りを魔道具の防御魔法が覆った。

「わっ！　すご！」

張り巡らされた防御魔法の強固さに、私は思わず感嘆の声を漏らしてしまった。

いや、マジですごい。

「さすが、おじさまの付与した防御魔法ですわね。誰の魔法も通りそうにありませんわ」

「そうでしょう。しかし、その防御魔法に魔法が当たるとダメージ判定しますので、自分に当たらないからと防御をおろそかにしないように」

「先生、それって、自分の出した防御魔法はダメージカウントしないってことですか？」

「そうだ。だから、ちゃんと防御魔法も行使するように」

「「はい」」

「よし。それでは、双方開始地点まで離れて」

先生にそう言われて魔法練習場の地面を見ると、中央に線が二本引いてある。

ちょっと距離を取って書かれているそれは開始線なんだろう。

その位置に着くと、ヴィアちゃんも反対側の位置に着いた。

「よし、準備はいいか？　それでは……始め!!」

ヴィアちゃんと向かい合うと、先生がすぐに開始の合図を出した。

まずは、先手必勝!!

「うりゃあ！」

私は、一番得意な火の魔法を矢の形にして放った。

魔力は少なめ。威力より、スピードを重視したものだったけど……。

「えい」

「うえあ!?」

ヴィアちゃんも私と同じ考えだったようで、あまり魔力を込めずに魔法を放ってきた。

ヴィアちゃんの放った魔法は雷の魔法。

雷の速さは光と同じ。つまり……。

「ああ！　いきなりダメージくらった！」

放たれたと思った次の瞬間、もう着弾したヴィアちゃんの雷は、私の防御魔法に当たりダメージ判定されてしまった。

私の火の矢は、ヴィアちゃん自身の防御魔法に防がれたのでノーダメージだ。

「うふふ、それ、それ、それ」

「ちょ！　連発⁉」

小魔法の撃ち合いは完全にこちらが分が悪い！

だって、私は雷の魔法使えないもん！　難しいんだもん雷！

ジッとしていたらヴィアちゃんの魔法の的になってしまうのですぐに移動したのだが、私が移動する後を追いかけるように雷が迫ってくる。

魔道具があるから私自身にダメージはないとはいえ、雷が自分を追いかけてくるのは相当な恐怖だ！

それに、ちょいちょいダメージが入っているのか、魔道具の色が最初に一発もらって青から水色になっていたのが、段々黄色になってきた。

これはマズイ！

「あらあ？　難しいですわね」

「ヴィアちゃん！　薄笑い浮かべながら魔法を撃ってこないで！　怖すぎ‼」

「うふふ」

私が懇願《こんがん》したのに、変わらずに薄笑いを浮かべながら魔法を撃ってくるヴィアちゃん。

え？　なんで？　もしかして、実は私のこと嫌いだったとか⁉

……違うな。あれは、加虐者《かぎゃくしゃ》の目だ。

私が逃げ惑う姿が楽しくて仕方がないんだ。

オーグおじさんも、普段は立派な王様だけど、パパの弱みを摑《つか》んだらずっとそこを弄って遊んでいる。

これは、完全にオーグおじさんの遺伝だ！

「ほらほら。早く逃げないと、当たってしまいますわよ？　ビリビリしますわよ？」

「魔道具があるから感電しないよ！」

薄笑いっていうか、むしろちょっと恍惚としてない⁉

これは、なんとかしないと！

「つくぅ‼」

「え⁉」

あんまりにもあんまりなヴィアちゃんの姿をあまり周りに晒《さら》さない方がいいと判断した私は、逃げ回りながらある魔法を行使した。

その魔法はヴィアちゃんの予想外だったようで、目を見張り動きを止めた。

「ど、どこに⁉」

私が使ったのは『身体強化』の魔法。

それを自分の身体が耐えられる限界ギリギリで行使したのだ。

その結果、ヴィアちゃんの後ろを取ることに成功。

魔法の対人戦ということで、遠距離魔法だけを念頭に置いていたヴィアちゃんは、急に素早く動いた私の姿を見失ったのだ。

その間に、私は最大限魔力を高める！

「はっ⁉」

「くらえ‼」

私の魔力制御に反応し、後ろを振り向くヴィアちゃんだったが、ちょっと遅かったね！

「くっ！」

私は、もう一度火の矢を、今度は魔力増し増しで放った。

ヴィアちゃんは、防御魔法を張ろうとするも不意を突かれたため不完全な魔法になってしまっていた。

その結果……。

「きゃあああっ‼」

「っし‼」

ヴィアちゃんの張った防御魔法を粉砕し、魔道具の防御魔法にヒット。

ダメージ判定が入った！

「よし！　反撃開始……」

ピピピピピ。

ん？　なに、この音？

「ストップ！　ウォルフォード！　ストップだ！」

「え？」

「魔道具が赤くなったらアラームが鳴ると言っただろう！　これがその音だ！　そして、アラームが鳴ったということは戦闘終了だ！」

「ええ？」

確かにそういう説明はあったけど、一発だよ？

「あの、まだ一撃しか入れてないんですけど……」

私がそう言うと、先生が頭を掻きながら近寄ってきた。

「あの魔道具は、致死ダメージを受けると音が鳴るように設計されている。つまり、お前の一撃で殿下は致命傷を負ったということだ。殿下、お身体に異常はありませんか？」

先生はそう言うと、倒れていたヴィアちゃんに手を差し伸べた。

「え？　あ、はい。驚いて倒れてしまっただけですから。さすがシンおじさまの魔道具ですわね。これっぽっちもダメージがありませんわ」

ヴィアちゃんがそう言いながら先生の手を取って立ち上がると、先生はホッとした顔をした。

「良かったです。それにしても……さすがは首席と次席だな。いきなりこのレベルの対戦が見られるとは思いもしなかった」

先生は私に視線を移すと、感心したようにそう言った。

「そうですか？　自分でも結構無様《ぶざま》な試合をした自覚はあるんですけど」

「私も、詰めを誤りましたわ」

私は前半ヴィアちゃんにいいように遊ばれたこと、ヴィアちゃんは後半詰めを誤って逆転されたことが不満で、揃《そろ》って唇を尖《とが》らせた。

そんな私たちを見て先生は苦笑した。

「典型的な力と技の対決だったな。スピードで翻弄《ほんろう》する殿下に対して、一撃で状況をひっくり返せるウォルフォード。お互いの長所が出せたいい試合だったと思うが？」

「遊ばれてたら意味ないよ」

「負けたら意味ありませんわ」

私とヴィアちゃんは、二人揃ってムッとした顔をして先生を睨んだ。

「はは、お互い負けん気が強くて結構なことだ。しかし、問題点が分かったことは喜ばしいことじゃないか？」

先生のその言葉に、私たちはハッとした。

「殿下の魔法は、確かに速かった。しかし、短時間で連発していたため威力は小さくダメージ判定も小さかった。ウォルフォードはそこを冷静に判断して、防御魔法などで凌いで反撃するという手もあったな」

「ああ！　そうだった！」

「殿下は、前半が自分に有利に進んだので調子に乗ってしまいましたね。ウォルフォードの移動先を先読みするなど出来ていたら結果は逆だったでしょう」

「うう……逃げ惑うシャルが可愛くてつい……」

逃げる私が可愛いってどういう意味⁉　やっぱりドSなの⁉

「そ、そうですか……まあ、これで二人の特徴がある程度分かった。これから得意な点を伸ばし、苦手な点を克服《こくふく》するようにしていこう。そのための学院だからな」

「「はい！」」

こうして、私たちの初対戦は終わった。

はぁ、初めての対人戦で緊張したけど、楽しかった。

まあ、うっかりヴィアちゃんの性癖を暴露してしまったけど……。

私とヴィアちゃんは対戦が終わったので、ペンダントから魔石を取り外し先生に渡す。

魔道具が赤くなってしまったら、アラームが鳴ったあと、万が一の誤射に備えて最後に一回だけ防ぐと防御魔法が起動しなくなってしまうから、リセットする必要があるんだって。

こうして魔石を取り外すことでダメージ判定がリセットされるそうなんだけど……。

なんでこんな面倒な方法なんだろう？

パパならもっと簡単にリセットできる方法とか思い付きそうなのに。

「ねえ先生。なんで魔石を取り外さないとダメージ判定がリセットされないの？　もっと簡単にリセットできた方が効率的じゃない？」

私がそう言うと、見学していた皆も同じ意見だったらしく、デボラさんやマーガレットさんも含めて皆うんうんと頷いていた。

すると、先生は「フッ」と鼻で笑ったあと、ちょっとドヤ顔をした。

あ、これ、パパの話をするときの顔だ。

「ウォルフォード、殿下、この魔道具の防御魔法はどうだった？」

「凄かったです」

「ですわね。シャルのあの魔法を受けて微塵もダメージを感じませんでした」

うんうんと先生が頷いたあと、ピッと指を立てた。

なんだろう？　なんか癪《しゃく》に障る。

「そうだろう。それほどこの魔道具は素晴らしい。なにせ、魔石を使っているから常時起動し、全ての魔法を通さない。不意打ちも効かない」

「ですね」

「……」

私はただ相槌《あいづち》を打っただけだけど、ヴィアちゃんはちょっと難しい顔をして考え込んでしまった。

「殿下は気付きましたか？」

「……ええ。これは、確かに制限を設けないとよろしくない類いの魔道具ですわね」

ヴィアちゃんの答えに満足したのか、先生は笑みを浮かべて頷いた。

「さすがは殿下ですな。よく勉強しておられる」

「それはどうも」

「え？　なに？　どういうこと？」

二人で納得し合ってるけど、どういうこと？　私にも分かるように教えてよ。

「この魔道具は素晴らしい。いえ、素晴らしすぎるのですわ。常時シンおじさまの防御魔法が展開され、こちらには一切ダメージが届かない。お父様なら問題ないでしょうけど後世……将来の王やその側近が野心家だったら？　自軍の兵士が無敵になれる魔道具があるとなれば、その野心は他国へ向かうかもしれませんわね」

「……あー、そういうことか。制限を持たせていないと、無敵の魔道具になっちゃうってことか」

「魔道具の再起動に、一旦ロックした魔石を取り外して再度付け直す必要があるが、戦場ではそんな時間的猶予《ゆうよ》はない。どんなに手早く取り換えるスキルを手に入れたとしても、一度は魔道具が機能停止するからどうしても無防備な時間ができる。そんな不安定なものを戦場に持って行こうとは思わないだろう？」

ヴィアちゃんの説明でようやく理解した私に、先生が補足で説明してくれる。

確かに、そんな不安定なもの、戦場には持っていきたくないよね。

「魔王様は、そこまでお考えになってこの魔道具を作られたのだ。お前たち学生のためにな」

先生はドヤ顔をしながらそう言った。

だから、なんで先生がドヤるのよ？

「さて、これで魔道具については理解したな？　では第二試合だ。ビーン、マルケス、魔石を受け取って準備しろ」

「「はい」」

先生に言われて魔石を受け取りに行くマックスとレインを見送りながら、私は見学している皆と同じ場所で見学をする。

さて、あの二人はどんな戦いを見せてくれるんだろうか？

さっきは自分が体験したけど、外から見るのはこれが初めてだ。

私は、ワクワクしながらマックスとレインの対戦が始まるのを待っていた。


そして始まったマックスとレインの対戦だけど……。

正直言って微妙なものになってしまった。

その原因は……。

「ふはは。分身の術」

「それただの高速反復横跳びだから！　分身できてないから！」

レインが、忍術と称して繰り出す技の数々、それが微妙すぎるから。

初っ端《しょぱな》、私たちの対戦からヒントを得たのか、マックスも魔力を高めることはせず威力の小さい風の魔法を連射した。

レインも同じようにするのかと思いきや、急に「土遁《どとん》の術！」と叫び、目の前に土壁を作ってマックスの魔法を防いだ。

そして、土壁でレインの姿が隠れると「煙幕《えんまく》の術！」と叫んで、今度は地面の土を上空に巻き上げマックスの視界を奪った。

マックスがそれに戸惑っているうちに、レインは身体強化魔法を使って高速で移動、マックスの背後を取った。

「もらった」

「うおっ⁉」

背後を取ったレインは……なぜか魔法で攻撃せずに、マックスに殴り掛かった。

魔道具の防御魔法は魔法だけでなく物理にも効くらしく、それも防ぎダメージ判定が入った。

……っていうか、なんで魔法使わなかったの？

今の、絶好のチャンスだったじゃん。

「くっ！　なんだよレイン！　手え抜いてんのか⁉」

手加減されたと思ったのか、マックスがレインから飛び退きながら怒りを込めて叫ぶと、レインはフルフルと首を横に振った。

「本当は、小刀で首を切るはずだった」

「怖えよ‼」

いつの間にか背後に迫って首を切るって……暗殺術じゃん！

確かに、昔パパから聞いたニンジャの戦闘方法は暗殺者っぽかったけど！

なに？　その暗殺術をこの場で試してんの？　マジ怖いんですけど？

そこからは、忍術と称した変な魔法と体術でマックスを振り回すレインと、それに翻

弄されつつも、自分も体術と魔法で反撃するマックスっていう対戦になった。

対戦としては面白いんだけどさあ、ここ高等魔法学院よ？

魔法で対戦しようよ。

でも、やってることは高度なんだよなあ。

レインの奇妙な行動のせいで、全然そうは見えないけど……。

そんな魔法と体術が入り乱れた対戦は、結局体術に勝るレインの削り勝ちになった。

「早速下克上《げこくじょう》が出たわけだが……正直言ってどう評価していいのか分からんな。マルケス、あの戦い方はなんだ？　あれがお前のスタイルなのか？」

「うん。詳細は秘密」

「……いや、秘密にされると指導できないんだが……」

先生にそう言われたレインは、ちょっと考えて。

「魔法と体術の組み合わせ」

と答えた。

「ビーンもそうなのか？」

「違いますよ。俺はレインに付き合わされただけです。ズリぃよ、レイン。体術勝負に持ち込まれたら勝てるわけないじゃん」

「ふふ、作戦勝ち」

「ビーン。マルケスの言う通りだぞ。自分の得意なフィールドに相手を巻き込む。立派な戦術だ」

先生にそう諭《さと》されたマックスは、不承不承ながら頷いた。

そして、先生からいくつかのアドバイスを貰い、魔石を取り外してこちらに来た。

「あー、くそ。負けた」

「お疲れ、マックス。惜しかったじゃん」

「惜しくても負けたら意味ねえよ」

メッチャ悔しそうに言うマックスに慰《なぐさ》めの言葉をかけたら、まだ不貞腐《ふてくさ》れていた。

「レインは、おばさんと剣の対人戦とかやってるから慣れてたよな。俺はこういうの初めてだったからなあ」

「魔法ありは俺も初めて。言い訳にしない」

「くそ、その通りだよ。次は負けねえからな」

「望むところ」

そう言い合ったあと、なんかニヤッと笑って拳をぶつけ合い、二人でライバルごっこやってる。

男の子だねえ。

さて、次の対戦はアリーシャちゃんとセルジュ君だったのだが……。

まさに瞬殺だった。

アリーシャちゃんは、私たちやマックスたちと同じように、威力の小さい魔法を連発した。

序盤でいきなり大きな魔力を溜める余裕はないから。

ところが、その連発した小魔法に、セルジュ君が全て被弾。

あっという間に魔道具のアラームが鳴った。

魔法を放ったあと、セルジュ君からの攻撃に備えて移動していたアリーシャちゃんはもう次の魔法の準備が終わっており、アラームが鳴ったのとその魔法を放ったのは同時だった。

「うぎゃああ‼」

アラームが鳴ったのに、さっきよりも高威力の魔法が迫ってきて、セルジュ君は絶叫しながら尻餅《しりもち》をついた。

そして、魔法が着弾。

アラームが鳴ったあとも、一回だけ魔法を防御するという機能のおかげで、魔法は防がれ、防御魔法が消失した。

こういう事故があるから、アラームが鳴ったあとも一回だけ防ぐようになってるんだなと、実例を見て納得したよ。

アラームが鳴り、負けが確定したあとに高威力の魔法が迫る。

その恐怖に、セルジュ君は尻餅をついた状態からゆっくり後ろに倒れた。

どうやら気絶してしまったらしい。

「ミゲーレ!!」

先生が慌ててセルジュ君に駆け寄り、状態を確認したあとホッとした顔を見せた。

魔道具のお陰で怪我《けが》はしていないらしい。

その様子に、ちょっと蒼褪めていたアリーシャちゃんもホッと胸をなでおろしていた。

しかし、先生はしばらくセルジュ君の様子を見ていたが、やがて頭をガシガシと掻いたあと、なにかの魔法をかけた。

セルジュ君の制服がちょっとはためいているから、風の魔法かな？

しばらくそれを続けたあと、先生はセルジュ君をお姫様抱っこして練習場の隅《すみ》に寝かせ、魔道具から魔石を取り出しこちらに向かってきた。

「あー、ミゲーレは気を失っているだけで怪我はないから大丈夫だ。それにしても……これはちょっと困ったな」

「ど、どういうことでしょうか？」

困った顔をする先生に、アリーシャちゃんがまた青い顔に戻った。

「いや、お前たち五人と、ミゲーレ以降の五人の実力差がちょっと大きいと思ってな。

これだと、お前たち五人が他の五人を圧倒してしまう。同じクラス内で、こうも実力が分かれてしまうとは……」

「待ってください‼」

先生が、今のアリーシャちゃんとセルジュ君の対戦を見て、クラス内の実力差を感じ取ったようだが、それに待ったをかける声があった。

「なんだ？　ウィルキンス」

声の主はデボラさんだった。

デボラさんは、先生の話が納得できないと、怒った顔で先生に詰め寄った。

「納得できません！　そりゃ、その人たちの親は凄いかもしれないけど、私たちだってアールスハイド高等魔法学院の、それもSクラスに合格した人間です！　そんなあからさまに差別するようなことは止めてください‼」

そんなデボラさんの抗議を受けて、先生はふーっと息を吐《つ》いたあと、また頭を掻いた。

困ったときの癖なんだろうか？

「ウィルキンス。俺は生徒をそんな色眼鏡《いろめがね》で見たりしない。俺はお前たちの実力を見たうえで実力に差があると判断した。これは差別ではない。純粋な評価だ」

「で、でも！」

「別に、お前たちの指導を蔑《ないがし》ろにすると言っているわけじゃない。ただ、今の状態でこうした対戦をさせるのは、お互いにとって訓練にならないと言っているんだ」

「……」

デボラさんは悔し気に唇をかみながら俯《うつむ》いた。

「理解したか？　では、次はウィルキンスとロイターだ。すぐに準備を……」

「……とやらせてください」

「ん？　なんだ？」

デボラさんは、俯いたまま小声でボソボソ言ったので私だけでなく先生も聞き取れなかった。

先生が聞き返すと、デボラさんはガバッと顔をあげ、なぜか私を睨んできた。

「私の対戦はシャルロットさんとやらせてください‼」

「はあ？」

「ええ⁉」

デボラさんの大きな声に、先生と私は困惑の声をあげてしまった。

「私は！　あの人たちみたいに良い家柄でも良い血筋でもない！　なんにもない！　けど、頑張って、努力してこの学院に入れたんです！　それなのに！　この学院でもそんな人たちが特別扱いを受けて私は蔑ろにされる！　そんなの許せない！」

そういうデボラさんの目には、下克上というより、ちょっと憎悪が混じっているように思える。

なんだろうな？　私に対する憎悪っていうより〝私たち〟っていう方がしっくりくる気がする。

「だから、蔑ろになんて……」

「私はいいですよ、先生」

「ウォルフォード？　し、しかし……」

「元々、総当たり戦やるつもりだったんでしょ？　だったらちょうどいい機会じゃないです？」

「それはそうだが……しかし、まだ対戦していない者もいるのに……」

先生はそう言うと、ハリー君、デビット君、マーガレットさんを見た。

視線を向けられた三人は、お互いに顔を見合わせて頷いた。

「先生。俺たちは後回しで構いません」

「なっ。いいのかロイター？　コルテス、フラウも」

「僕は構いません」

「私もいいです」

三人が了承してしまったので、先生は少し考えたあと、決断した。

「よし、ならウォルフォード、ウィルキンス、魔石を受け取って準備しろ」

「はい！」

「はーい」

先生にそう言われて、デボラさんは気合い十分な顔で魔石を受け取り、ペンダントにはめ込んだ。

私は、これで二回目なのでデボラさんよりは落ち着いて魔道具の準備をし、さっきと同じ開始線でデボラさんと向かい合う。

うわ、メッチャ睨んでる。

でも、まあ……デボラさんが私たちに敵対心を持ってる理由が、さっきの発言でなんとなく分かっちゃったんだよねえ。

どうしようかな？　初っ端にデカいの持ってくるか、それとも……。

少し考えて、私は作戦を決めた。

「用意はいいか？　それでは……始め！」

「やああっ!!」

先生の開始の合図と共にデボラさんが魔法を放つ。

これは先生が開始の合図をする少し前から魔力を集めてたね。

んで、開始とともに放ったと。

目の前にいる私には、魔力感知で分かってたからすぐに避けて対処した。

「くっ！　ちょこまかと!!」

私は、多分デボラさんが最初から小魔法の連発をしてくると予想していた。

これまで三戦見てきて、序盤にはそれが有効だってことが分かってたからね。

だから、私は敢えてそれに乗らず、防御魔法で受けることもせず、走って避けることにした。

移動している私に狙いが定められないのか、デボラさんがイライラしているのが分かる。

魔力が上手に集められていないし、放ってくる魔法もあんまり威力がない。

これなら走って避けることも難しくない。

そして、今は自力で走っているから、そのまま魔力を集める。

「この！　このおっ!!」

私が魔力を集めていることを、興奮してしまっているデボラさんは気付かない。

そして、興奮して魔法を連発しているということは、それだけ集中力が乱されるということ。

程なくデボラさんは息切れして、魔法の連発が止まった。

今!!

「えっ!?」

魔法が途切れた瞬間を狙って、それまで集めていた魔力を魔法へと変換。

「いけえっ！」

「きゃあああっ‼」

私が放った特大の炎の弾は、デボラさんを丸ごと飲み込むほど大きなものになってい
た。

……しまった。避け続けている間ずっと魔力を溜めていたから、すんごいデカい魔法
になっちゃった……。

私の目の前には、炎に包まれるデボラさん。

鳴り響くアラーム。

……。

「わ、わあああっ‼」

「ウィルキンス‼　やり過ぎだウォルフォード‼」

「ご、ごめんなさい！　しゅ、集中しすぎて魔力を溜めすぎちゃいました‼」

「ウィルキンス！　無事か⁉　ウィルキンス‼」

先生が慌てて炎に包まれるデボラさんに声をかけるが、返事が聞こえない。

まさか、まさか、私、人を……。

最悪の予感に、私の膝《ひざ》がガクガクと震えだす。

そんな恐ろしい想像をしているうちに、炎が収まってきた。

そして、その中から……。

放心したように座り込んだデボラさんの姿が現れた。

よ、良かった!! 本当に良かったよ!!

「ウィルキンス! 大丈夫か⁉」

先生がデボラさんに近寄って肩に触れると、デボラさんはハッとした顔をして、ポロポロと涙を流し始めた。

「ウ、ウィルキンス? 大丈夫だぞ? どこにも怪我はしていない」

相当怖かったのだろうと、先生が必死に慰めているけど、デボラさんの涙は一向に止まらず、徐々に嗚咽《おえつ》まで混じり始めた。

「なんでっ! なんでよっ!」

デボラさんは、涙に濡れた瞳で、私を睨みつけた。

「私はっ! この学院に入るために夜も寝ないで頑張ったの! この学院に入って! 父親のいない私の家を、貧乏だって言って馬鹿にした奴らを見返したかったのに!!」

そうだったのか……デボラさん、苦労してたんだな……頑張ったんだな。

「なのに！　こんなに頑張ったのに！　地位も名誉も財産も血筋も全部持ってる人間の方が優秀なの⁉」

そう叫んだデボラさんは、ガックリと肩を落として俯いた。

「私の努力は無駄だったの……？　そんなの、ズルいよ……」

そう言ったあと、静かに涙を流すデボラさんに、私たちはなにも言えなかった。

『ズルい』

入学式のあと、ヴィアちゃんにそう思われても仕方がないと言われていた。

実際、デボラさんはそう思っていた。

しかも、ちょっとご家庭のご事情があまり芳しくない様子……。

余計に私たちのことが憎らしかったんだろうなあ……。

スンスンと泣き続けるデボラさんに声をかけることもできず、ただ見守っていると、先生がデボラさんの肩にそっと手を置いた。

「無駄な努力なんかじゃないさ」

「……せんせぇ」

「ウィルキンスは頑張った。その結果が、高等魔法学院Sクラス所属という結果に表れているじゃないか」

先生は、デボラさんの肩をポンポンと叩きながら、諭すようにそう言った。

「っ、でもっ、わたし、シャルロットさんに勝てない……」

デボラさんがしゃくりあげながらそう言うと、また一人デボラさんの前に立つ人が現れた。

「情けないですわね。たった一回負けただけでもう諦めますの？」

優しい言葉ではなく、厳しい言葉を投げかけたのはアリーシャちゃんだ。

腕を組み、デボラさんを見下すように言い放った。

ええ……もうちょっと優しい言葉をかけてあげてよう。

ハラハラしてデボラさんを見ると、厳しい言葉を放ったアリーシャちゃんをキッと睨んだ。

「アンタになにが分かるのよ‼　アンタだって貴族の令嬢なんでしょ！　苦労なんて知らないんでしょ！　それなのに、偉そうなこと言わないでよ！」

「まあ、確かに。生活するうえで苦労なんてしたことありませんわね。ただ、それと魔法の実力とどう関係がありますの？」

「あるでしょ‼　どうせ、高いお金で魔法の家庭教師とか雇ってるんでしょ⁉　私にはそんな余裕なんてなかったのよ‼」

「雇ってませんわよ？」

「え？」

アリーシャちゃんの言葉に、それまで憤《いきどお》っていたデボラさんがキョトンとした顔をした。

「シャルロットさんのことは十分ご存じでしょう？　あんな方々が身内にいらっしゃって、そこらの家庭教師を雇ったくらいで敵《かな》うとお思いですの？」

「……」

「そんな無駄なことをするくらいなら、雇わない方がマシですわ。幸いにして、私はシャルロットさんと行動を共にすることが多かったので、シン様たちの御指導を受けることができましたし」

「なっ⁉　やっぱり、アンタもズルいじゃない‼」

そう叫んだデボラさんに、アリーシャちゃんは悪そうな顔でフッと笑った。

「あら、シャルロットさんに噛み付くなんて随分《ずいぶん》と気概のある方かと思っていましたけど、どうやらただの不幸自慢のお子様でしたか」

「は、はぁっ⁉」

う、うおお……アリーシャちゃんが……アリーシャちゃんが、物語に出てくる意地悪な令嬢みたいだ……。

メチャメチャ、デボラさんを煽《あお》ってる。

「私たちがズルい？　自分でその権利を放棄しておいて、よくもそんなことが言えましたわね？」

「は？　権利？　放棄？　なんのことよ⁉」

そう言うデボラさんに、アリーシャちゃんは首を横に振って「やれやれ」と言わんばかりにフーッと息を吐いた。

「貴女《あなた》、入学初日にシャルロットさんがマーガレットさんにお声をかけたのをお忘れですの？　仲良くしようって、そう言ってましたわよね？　それを拒否したのは貴女……いえ、貴女たちですのよ？」

「そ、それは……」

アリーシャちゃんの言葉に、マーガレットさんも顔を青くしていた。

「自分のくだらないプライドのために、マーガレットさんまで巻き込んでチャンスをフイにしたのですよ。そのまま仲良くなっていれば、ウォルフォード家の方々とも懇意になれて、魔法の御指導もして頂けたかもしれませんのに」

アリーシャちゃんがそう言うと、デボラさんは真っ青な顔になった。

「で、でも……だって……」

「まあ、マーガレットさんも自分でご辞退なさいましたし、巻き込まれたわけではないのかもしれませんが」

アリーシャちゃんは、マーガレットさんをチラッと見てまた視線を戻した。

「自分でチャンスをフイにしておいて、よくもズルいだなんて言えたものですわね」

そう言われたデボラさんは、俯き、気の毒なくらい落ち込んでいる。

っていうか、アリーシャちゃん、メッチャ怒ってる。

普段は私に文句ばっかり言ってくるしライバル視されてるけど、今言った発言は全部私を庇《かば》っての反論だ。

まさか、アリーシャちゃんが私を庇ってくれるとは思ってなくて、思わずニヨニヨしてしまった。

「……なんですの？　その不愉快な顔は？」

「えー？　べっつにー？」

なんか、アリーシャちゃんが苦々しい顔をしながら私を見てきたけど、それすら照れ隠しのような気がしてますますニヨニヨしてしまう。

「っふん！　別に、貴女のことを庇ったわけではありませんわよ⁉　私のライバルである貴女が不当に糾弾《きゅうだん》されているのが不愉快だっただけですわ！」

出た！　勘違いしないでよね発言！

これはあれだ。パパの言ってたツンデレってやつだ！

「うんうん。ありがとー、アリーシャちゃん」

「くっ……まあ、いいですわ。今日のこの対人戦で、貴女がそう遠くないところにいることが分かりましたもの」

アリーシャちゃんはそう言うと、私をビシッと指さした。

「首を洗って待ってらっしゃい、シャルロットさん。近いうちに、貴女に追いついてみせますわ」

不敵な顔でそう言うアリーシャちゃんに、私もニヤッと笑い返した。

「うん。待ってるよ」

こうして二人でニヤッと笑いながら見つめ合っていると、割り込んで参戦してくる声があがった。

「うふふ。私も、もう少しのところまでシャルを追い詰めましたからね。もうすぐ追いつきますわよ。頑張りましょうね、アリーシャさん」

「はい！　共にシャルロットさんを追い落としましょう！」

ヴィアちゃんとアリーシャちゃんが二人で手に手を取って励まし合っている。

その光景を見て、先生がデボラさんに話しかけた。

「ウィルキンス。お前は優秀な生徒だ。この学院のSクラスに入れたことがそれを証明している」

先生がそう言うと、デボラさんはピクッと反応した。

「お前たちにはまだ理解しづらいかもしれないが、高等魔法学院に入学したての人間なんて、駆け出しでさえない、魔法使いの卵だ」

そうなんだよねえ。

この高等魔法学院を首席で卒業し、私より数段強いお兄ちゃんが、アルティメット・マジシャンズではまだ研修生で現場に出してもらえてないのが現実だ。

「これからだよ、ウィルキンス。その大事な時期に、そんな腐っていていいのか？　これからどう努力するかで、将来どんな魔法使いになれるのか決まる。

「……せんせぃ」

先生の言葉に、デボラさんはようやく顔をあげた。

その顔は、涙でグショグショだ。

そんなデボラさんを見て、先生はフッと笑い、デボラさんの頭を撫《な》でた。

「お前には、俺が責任を持って教えてやる。だが、使えるものはなんでも使った方がいいんじゃないのか？」

先生はそう言うと、デボラさんから視線を外した。

そこには、ハンカチを持ったヴィアちゃんがいた。

ヴィアちゃんは、デボラさんにハンカチを差し出しながら微笑《ほほえ》んでいた。

「デボラさん。貴女も、私たちと一緒に打倒シャルを目指しませんか？」

「……一緒に」

「ええ。もちろん、マーガレットさんも一緒に」

「わ、私も⁉」

「もちろんですわ。だって、私たちは同じ目標を持った仲間、クラスメイトですもの」

ヴィアちゃんはそう言ってふんわりと微笑んだ。

その微笑みに、デボラさんとマーガレットさんは、顔を赤くしてポーッとしている。

まあ、ヴィアちゃんに微笑みかけられたら女の子でもそうなるよね。

デボラさんは、しばらく逡巡《しゅんじゅん》していたようだけど、ようやく決心がついたのかヴィアちゃんの手からハンカチを受け取り、グシグシと涙を拭《ぬぐ》った。

「これから、よろしくお願いしますわね？」

ヴィアちゃんがそう言うと、デボラさんはキリッとした顔になった。

「はい。よろしくお願いします」

「えっと……私もいいんでしょうか？」

「もちろんですわ」

ヴィアちゃんはマーガレットさんに向かってニッコリとそう言うと、私を指さした。

「皆様、打倒シャルですわ！」

「「おー‼」」

「お、おー」

ヴィアちゃんの宣言に、デボラさんとアリーシャちゃんが力強く応え、マーガレットさんは戸惑い気味に同調した。

うんうん、同じ目標に向かう同志としての結束だね。

……ん？

「ちょっ！　なんか、私だけ仲間外れになってない⁉」

そういや、さっきも一緒に私を打倒しないかって問いかけてたな！

なに？　同じ目標って、私を打倒すること⁉

「シャル」

「なに？」

「追われる立場の者とは、孤独なものなのですよ？」

「やだよ‼　私も仲間に入れてよ‼」

「やれやれ、我が儘《わがまま》ですわねえ」

「どこがよ‼」

しょうがない奴だと言わんばかりに首を振るヴィアちゃんに、オーグおじさんの遺伝子を見た！

「「……ぶふっ」」

そんなやり取りをしていると、デボラさんとマーガレットさんが噴き出した。

いや、今の、笑うところじゃないでしょ。

どっちかっていうと、私に同情するところよ？

「くふっ。あー、おっかし」

「ふふ、うふふ」

二人ともひとしきり笑ったあと、私に向き直った。

「ウォルフォードさん」

「シャルでいいよ」

「じゃあ、シャル。やっぱり、私はアンタのこと好きにはなれない。どうしたって自分と比べてしまうし、色々恵まれてるアンタのことを羨ましいと思ってしまう」

「……そっかあ」

色々と本音を曝け出してくれたけど、やっぱりそこはダメかあ。

「でも、羨ましいからって敵視するのはもう止めるわ。これから、シャルのことは越えるべき目標だと思うことにする」

「そっか。うん。まあ、それでいいよ」

まあ、嫌われて敵視されるよりマシかな。

そう思っていると、デボラさんは視線を外して俯いた。

「……色々言ってゴメン」


!!

デレた！


デボラさんがデレたよ!!

思わず顔がニヨニヨしちゃうよ！

「……ちょっと、そのムカつく顔やめてくんない？」

「急なツン!?」

あれえ!? デレてくれたんじゃなかったの!?

「くふっ、ふふふ」

せっかくデレてくれたデボラさんがまたツンツンしちゃったことにショックを受けているとマーガレットさんがクスクス笑いだした。

「シャルロットさん」

「あ、うん？」

「ごめんなさい」

「え？　なにが？」

マーガレットさんが急に頭を下げてきたけど、私、彼女になにかされたっけ？

「その……あんまり関わらないでほしいって言ってしまって……」

「あー、そうだっけ。でも、それってしょうがなくない？　いきなり王族と仲よくしようなんて普通無理でしょ」

私たちは生まれたときからずっと一緒にいるから、そんなの気にしたことなかったけど、一般の人が急に王族と対面したらどうなるかなんてさすがに分かるよ。

「態度が変わったってことは、ヴィアちゃんに大分慣れた？」

さっき、ヴィアちゃんと一緒に私を打倒しようって誓いあってたからね。大分慣れたんだと思う。

その切っ掛けが打倒私なのがモヤッとするけど……。

「そうですね……慣れたというか、意外な一面を見たというか……」

「あー、アレか……」

私を追い詰めながら恍惚の表情をしてたやつか……。

王女様の素顔としては意外すぎだよなあ。

「あはは……ちょっとヤバイよね？」

「ふふ、ですね。でも、そういう意外な一面も含めて、殿下も私たちと同じ人間なんだなってようやく理解できましたから」

「そっかあ」

「はい。あの、一度断ってしまったのに、こんなこと言うのは図々しいと思うかもしれませんけど……改めて仲良くしてもらえませんか？」

「もちろん！」

「ありがとうございます、シャルロットさん！」

マーガレットさんはとても嬉しそうにそう言った。

そんなマーガレットさんに近付く人が。

「ふふ、私ともよろしくお願いしますわね？　マーガレットさん」

「はう！　よ、よろしくお願いします、殿下！」

クラスメイトとして関わっていくと決めたマーガレットさんだったが、急にヴィアちゃんに話しかけられるとやっぱり緊張してしまうようでガチガチになっていた。

まあ、おいおい慣れるでしょ。

そんな二人を眺めていると咳払いが聞こえてきた。

そちらを向くと、頭を掻きながら困った顔をした先生がいた。

「あ、すみません。授業中でした」

なんか、怒濤《どとう》の展開で忘れてたけど、今授業中だった。

「ああ、いや、教室内の蟠《わだかま》りを解くのも必要だからな。それはいいんだが……」

先生がチラッと視線をやると、そこには所在なさげな男子たちがいた。

「女子の方は目標が高くて結構なことだ。だが、男子の方はどうなんだ？　さっき殿下が目標を掲げたときも同意していなかったようだが？」

そう言われた男子たちは、お互いに顔を見合わせた。

「俺は別に、そこまで高い目標を持ってるわけじゃないですから。打倒シャルとか別にいいかな」

「……まあ、ビーンがそれでいいならいいが……」

消極的意見のマックスに、先生はちょっと残念そうにそう言った。

まあ、マックスは魔法を極めるより鍛冶仕事とか極めたいって方が強いしなあ。

「俺は、正直そこまで考えていなかった。ただ学院に入り、卒業して魔法師団に入れればと……」

あれ、意外。

ハリー君は、見た目がちょっと大人っぽいから、将来設計とかできてると思ってた。

「まあ、大半の生徒がそうだな。だが、せっかく向上心の高い生徒たちが同じ教室内にいるんだ。乗っかるのも手だと思うが？」

「……そう、ですね。考えてみます」

ハリー君はそう言うと考え込んでしまった。

そういえば、次ハリー君の番だったんだよな。

対人戦はいいの？

「僕もハリーと同じです。目標なんて、今まで意識したことなかったです」

「そうか。ならコルテスも考えてみるといい。そうやって色々考え悩むのも学生には必要なことだぞ？」

「はい！」

こうして一人一人アドバイスをしていく先生。

凄くいい先生だなあ。

先生は、最後の男子であるレインを見た。

「マルケスは？　どうだ？」

「俺はニンジャになる」

……確かに、レインはずっとそれが目標だって言ってたね。

でもね、いきなりそんな意味不明なこと言われて、はいそうですかって言える人はいないんだよ？

「……すまん。聞いた俺が悪かった」

先生⁉　諦めないで、先生‼

レインはやればできる子なんです！　先生！

そんなことをしていると、授業の終了を告げる鐘が鳴った。

「あ、もうこんな時間か！　すまないロイター、コルテス、フラウ、お前たちの対人戦の時間がなくなってしまった」

まあ、ちょっとトラブルがあったもんね。

しょうがない。

「次の授業はお前たちの対人戦から始めよう。とりあえず全員の実力を見せてもらわないことには始まらんからな」

「「はい」」

「それじゃあ、この授業はここまでだ」

『ありがとうございました』

私たちは整列し、先生に向かって頭を下げる。

それを見届けて先生は、気を失ったセルジュ君をまたお姫様抱っこして魔法練習場から去って行った。なんで背負わなかったんだろう？

さっきも思ったけど、いい先生に当たったな。

そう思って去って行く先生の背中を見ていたのだが、見送っている生徒たちの中でも一際熱心に見送っている人に気付いた。

「……なによその顔。ムカつくんだけど？」

「え？　べつに？」

あれ？　またニヨニヨしてた？

まあ、しょうがないじゃん。だってデボラさん、ほんのり頬《ほお》を赤らめて潤《うる》んだ目でミーニョ先生のこと見送ってるんだもん。

ニヨニヨしちゃうでしょ。

「っ！　やっぱアンタ嫌い！」

「ええ⁉　なんで⁉」

そんな感じで、私たちの初授業は波乱がありつつも終了したのだった。

初めての実技授業のあとの授業は座学だった。

授業の内容は『魔法論』。

パパの書いた論文だ。

これが凄くて、魔法とはなにか？　魔力とはなにか？　から始まって、治癒魔法や付与魔法にまで言及した、今や魔法を扱う人々全ての必修書物になっている。

これが発表されたとき、魔法学術院が文字通り揺れたと言われている。

中等学院でもちょっと習ったけど、高等魔法学院では実践も含めてより深く勉強していくとのことだ。

今日は最初ということで、導入の部分だけ。

おさらいだね。

で、その授業でちょっと気になったことがあった。

それは……。

「セルジュ君、戻ってこなかったね」

「そうですわね。まだ目が覚めていないのでしょうか？」

午前の授業が終わり、私たちは学食に女子だけで集まって昼食だ。

男子は男子で集まってる。

魔法実践の授業で気を失ったセルジュ君は、先生の手で治療室に連れて行かれたんだけど、次の授業が始まっても戻ってこなかった。

まだ目が覚めていないのか、それとも目は覚めたけど実はなにかあったとか？

その原因となったアリーシャちゃんを見ると、彼女は特段気にした様子を見せていなかった。

「どうせ、皆の前で気を失ってしまって恥ずかしいから顔を見せ辛いとかそんな理由ですわ」

アリーシャちゃん、辛辣《しんらつ》だなあ。

「そういえば、アリーシャちゃんもセルジュ君も同じ伯爵家《はくしゃくけ》だよね？　もしかして交流があったとか？」

ちょっと思い付いて聞いてみると、アリーシャちゃんは嫌そうな顔をした。

だから、辛辣……。

「まあ、高等魔法学院のSクラスに合格するくらいですから魔法の実力はあるんでしょうけど……人間的には調子に乗りやすいというか、自分が特別な人間だと思っている節があって、少し他人を見下しているところがあるんですわ」

「へえ、そうなんだ。同じクラスになったことないから知らなかった」

まあ、初日からヴィアちゃんにアピールしてたくらいだからね。自分が優秀だと思ってないと、そんなことできないだろう。

「確かに、いけ好かない奴だなって思ってた」

さっきの授業以降、妙にアリーシャちゃんと仲良くなったデボラさんがセルジュ君のことをそう評価した。

「自分は苦労しないで高等魔法学院に入れちゃいました、みたいなこと言ってたでしょ？　あれ絶対嘘よ。そんな人があんな無様《ぶざま》を晒《さら》すわけないじゃない」

「ですわね。でも、さすがにあんな一瞬で終わるとは思っていませんでしたから、とどめの魔法で彼を殺してしまったかと焦《あせ》りましたわ」

「あー、確かに。あれは焦った」

……あれ？

メッチャ仲良くなってない？

私、かれこれ十年くらいアリーシャちゃんと付き合いあるけど、こんな気軽に話したことないし、デボラさんには嫌い発言されてるんですけど……。

「怪我はなかったようですし、明日になれば出席するのでは？」

「まあ、私はどっちでもいいけど」

あんまり興味なさそうなアリーシャちゃんと、どうでもよさげなデボラさん。

不憫だな、セルジュ君……。

こうしてワイワイ言いながらご飯を食べていたんだけど、ふと横を見ると、ヴィアちゃんがニコニコしながら皆を見ていた。

「ふふ、こうして皆さんと他愛もない話をしながら食事ができるなんて、楽しいですわね」

そう言うヴィアちゃんは本当に楽しそうだ。

まあ、王族だからねえ。

中等学院までは身分差のある学院だったから、私たち以外とご飯なんて食べたことなかったもんな。

ずっとニコニコしながらご飯食べてる。

そんなヴィアちゃんだったが、ふとなにかを思い付いたようで、皆に向かって話しかけた。

「そうですわ。せっかくこうして打ち解け合ったのですから、放課後親睦会《しんぼくかい》をしませんこと」

「親睦会……ですか？」

ヴィアちゃんの提案に、デボラさんがちょっと困惑しながら訊《たず》ねる。

「ええ。Sクラス女子がこうして団結できた記念の日ですもの。お祝いしませんと」

そう言われたデボラさんとマーガレットさんは二人で顔を見合わせたあと頷いた。

「そうですね。やりましょう、親睦会」

「あら？　随分素直になりましたわね」

了承の返事をするデボラさんを見て、アリーシャちゃんはニヤニヤしてる。

そんなアリーシャちゃんに、一瞬顔がピキッてなったデボラさんだけど、すぐに顔をフイッと逸《そ》らした。

「もう変な意地を張るのは止めたの。私は苦しい時期を乗り越えて恵まれた環境に身を置くことができた。その状況を最大限利用してやろうって思ったのよ」

そういうデボラさんの顔には僻《ひが》みなど一切なく、キリッとした決意に満ちた顔をしていた。

　そんなデボラさんを見て、アリーシャちゃんは増々ニヤニヤしだした。

「先生にもそう言われましたものねえ」

「なっ⁉」

　あー、やっぱアリーシャちゃんも気付いてたか。

　分かりやすかったもんなあ。

「ふふ、これは楽しい親睦会になりそうですわね」

　ヴィアちゃんは、根掘り葉掘り聞き出す気満々だ。

　笑顔が怖い。

　マーガレットさんは、そんなヴィアちゃんを見て感激すんな。

「で、女子だけでいい？　男子は？」

　いつの間にか女子会する流れになってたけど、親睦会と言うならクラス全体でしないと意味ないのでは？　と思って聞いてみた。

「男子ですか？　どうでしょう？」

　ヴィアちゃんも考えてなかったようで、首を傾《かし》げた。

「じゃあ、聞いてみるか。マックスー」

「なに？」

隣のテーブルで集まってた男子に声をかける。

男子は男子で盛り上がってたんだよ。

「今日さ、私んちで親睦会するんだけど、アンタたちどうする？」

私がそう聞くと、マックスたちは「あ！」という顔をした。

「悪い。俺たちも親睦会しようってことになってて、放課後俺んちに集まることになったんだよ」

「あ、そうなんだ。じゃあ、今日は男女で別々だね」

「そうだな。お前らのことすっかり忘れてた」

「ちょ、非道くない？　私ら忘れるとかどんな話してたのよ？」

「ウチで作ってるもので盛り上がってな。だったら見に来るか？　って話になってさ」

「あー、アンタんち、男子が好きそうなもの一杯あるもんねえ」

「まあ、そういうことだ。悪いな」

「いいよ。じゃあ、今度全員の親睦会やろうね」

「おう」

マックスとの会話を終えて皆に視線を戻すと、デボラさんとマーガレットさんが目を見開いていた。

「ん？　どうしたの？」

「え、いや……親睦会ってアンタんちでやるの？」

「ウ、ウォルフォード家で……」

「え？　うん。だって、元々今日ヴィアちゃんが家に来る予定になってたし、もうそう連絡しちゃったし。あ！　そういえば親睦会ならオヤツとかいるよね？」

「ですわね」

「ちょっと、もう一回連絡しとくわ」

私はそう言うと、異空間収納から無線通信機を取り出した。

「……あ、ママ？　私、シャル。うん、今お昼休みでご飯食べてた。うん。でね？　今日ヴィアちゃんが遊びに来るって話したでしょ？　それさ、今日クラスの女子たちで親睦会することになったから、あと三人追加になったんだ。だから、オヤツとか多めに用意しといて欲しいの。うん。いい？　やった。じゃあお願いね。うん。分かってるよ。じゃあね」

ママとの通信を終えるとヴィアちゃんが話しかけてきた。

「おばさま、なにか仰っていたのですか？」

「ちゃんと用意しておくから勉強に集中しなさいってさ。分かってるっつーの」

「ふふ、おばさまらしいですわね」

「ってことで、家での準備もお願いしたから、今日はウチで……ってどうしたの？」

デボラさんとマーガレットさんに視線を移すと、二人とも無言でこちらを見ていた。

マーガレットさんは驚いた顔で、デボラさんは……また苦々しい顔してる。

「それ、無線通信機？」

「え？　あ、うん」

「凄いですね……高等学院生でもう無線通信機を持たせてもらえてるんですか……」

「私も持ってませんわよ？　お父様が私にはまだ早いと仰って……」

二人だけでなく、アリーシャちゃんまで妬ましそうな顔をしてこちらを見ている。

あー、これは下手な言い訳をすると、また拗《こじ》れちゃう感じのやつだ。

しょうがない、正直に話すか。

「えっと、ヴィアちゃんが自分用の無線通信機持ってるから羨ましくてさ、私も欲しいってお願いしたの。そしたら、私もママにまだ早いって反対されて」

そう言うと、アリーシャちゃんが不思議そうな顔をした。

「シシリー様に反対されたのに、持っているのはどういうことですの？」

「え？　どういう意味？」

アリーシャちゃんの言葉の意味が分からなかった様子のデボラさんに、アリーシャちゃんが説明した。

「シシリー様って私たちにはまさに聖女……いえ聖母様と呼べるほどお優しい御方なの

ですけど、シャルロットさんにはちょっと厳しい方なのですわ」

「へえ、なんか意外。シャルって家で甘やかされてると思ってた」

デボラさんのその評価に、私はガックリと肩を落とした。

「ママって怒ると超怖いんだよ……」

「そ、そうなんだ……」

デボラさんの顔がちょっと引きつってる。

世間では聖女とか聖母とか言われてるから、イメージ壊しちゃったかな？

「でも、どうしても欲しかったからパパにお願いしたの。そしたら、条件付きで了承してくれた」

「条件？」

マーガレットさんが首を傾げたので、私は自分の無線通信機を見せた。

「これ、パパが作った最新型なの」

「……へえ、そう」

ああ、またデボラさんが不機嫌になった。

違うんだよ、優遇されてるわけじゃないんだよ。

「まだ試作機で発売前なんだ。で、これのモニターをするってことで許可してもらったの」

「っていう建前なんでしょ？」

まだ不機嫌なデボラさんに、私は首を横に振る。

「本当なんだよ。これ本当に試作機だからよく動作不良起こすしさ。そういう不具合が起こったら報告して修正しないといけないし、使い心地のレポートも提出させられるんだよ。しかもママも目を通すから適当なこと書けないし」

メッチャ面倒臭いけど、その苦労で無線通信機が手に入るなら我慢できる。

と、そこで私は閃《ひらめ》いた。

「ねえ、三人もモニターしてみない？」

「「「え？」」」

「毎週レポート出さないといけないんだけどさ、タダで無線通信機が手に入るよ？　やってみない？」

皆が持っていないものを持っていることで妬まれるなら、皆も持てばいいじゃない。

我ながらナイスアイデアじゃない？

そう自画自賛していると、ヴィアちゃんがペチッと私の頭を叩いた。

「あぅ」

「なにを言っているのですか、貴女は。アリーシャさんは親御さんから『まだ早い』と言われているのですよ？　それを無視するおつもりですか？」

そうだった……あー、ナイスアイデアだと思ったのに！

「あ、あの、私、一度お父様にお話ししてみますわ」

「また反対されるのではなくて？」

ヴィアちゃんがそう言うと、アリーシャちゃんは苦笑した。

「お父様、シン様を尊敬しているので。シン様のお作りになられた製品のモニターを頼まれたと言えば多分了承してもらえますわ」

「あら、そうなのですか？　お二人は？」

「私も一度お母さんと相談してみないと……そんな高価なもの、壊したらと思うと……」

「あ、それは大丈夫だよ。不具合の洗い出しもあるって言ったでしょ？　その度に修理してるようなもんだから、壊しても大丈夫」

「そ、そうなんだ……それでも、一回相談させて」

「うん、分かった。マーガレットさんは？」

「わ、私も、両親と相談させてください」

「うん。あ、モニターだから無料なのと、壊しても大丈夫ってのはちゃんと言っておいてね」

「「分かった」」

「あ」

　ふふ、これで妬みの目で見られることもなくなるし、これが切っ掛けでもっと仲良くなれるかもしれない。

　パパも、もっとモニターを増やしたいって言ってたから、私にはメリットしかないね。

「そういえば、最新型と言っていましたけど、どういった機能が追加されましたの？」

　自分も無線通信機を持っているヴィアちゃんも、やはり最新型は気になるようでそう聞いてきた。

「ああ、今度のから文字が送れるようになるんだよ」

「……え？」

「文字が送れるようになったら、通信に出られないときでも文字を送っておけるし、色々便利になるよねー」

　そう、私が持っている最新型は文章が送れるようになっている。

　不具合というのも、その文章の送信のときがほとんどで、まだまだ世に出るには時間がかかる。

　なので、モニターは多いに越したことはないのだ。

「シャル」

「なに？」

「それ、シルバーお兄様は持っていらっしゃるの？」

「え？　ああ、最初のモニターはアルティメット・マジシャンズの皆にお願いしたって言ってたから、持ってる「私もモニターしますわ‼」よ……え？　いいの？」

「もちろんですわ！　その開発の一助になるのでしたら喜んで‼」

……これはあれだな。

シンおじさまの魔道具は世の中を発展させる素晴らしいものばかり！　その開発の一助になるのでしたら喜んで‼」


お兄ちゃんと文章のやり取りがしたいんだな。

欲望に忠実だなあ。

「えっと……シルバーさん？　って誰？」

その名前が出た途端、ヴィアちゃんの態度が激変したから気になったんだろう。デボラさんにそう訊ねられた。

「私のお兄ちゃん」

「へえ」

「でね……」

私はテーブルに身を乗り出し、二人を手招きして耳を貸すようにジェスチャーした。

「ヴィアちゃんの好きな人」

そう言ったとたん、デボラさんとマーガレットさんの目が大きく見開かれた。

「「えええええっ！！？？」」

「内緒だよ？」

そう言うと二人ともコクコクと頷いてくれた。

いやあ、女子トーク、楽しいねえ。

「ちょっとシャル、勝手に暴露しないでくださいませ」

私たちの会話を聞いていたヴィアちゃんがそう文句を言ってきたけど、今二人に暴露したのは結構重要なことなのだ。

「いいの？　ヴィアちゃん。今日二人ともウチに来るんだよ？　そんな二人が前情報なしでお兄ちゃんに会ったら……」

「はっ！」

どうやら気付いたらしい。

「デボラさん、マーガレットさん」

「は、はい！」

「分かってますわね？」

「「はいぃ!!」」

怖えよ。

けど、これは必要なこと。

牽制《けんせい》なのだ。

ヴィアちゃんの黒い笑顔に二人が怯えたところで予鈴が鳴る。

「あら、もう教室に戻らなければ。皆さん、行きましょうか？」

そうやってふんわり微笑むヴィアちゃんに、さっきまでの怖い様子は窺えない。

デボラさんとマーガレットさんは、そんなガラリと雰囲気が変わったヴィアちゃんを見て目をパチクリしている。

「あ、あはは。ビックリした？　ヴィアちゃん、お兄ちゃんが絡むとああなっちゃうから気を付けてね」

前を歩くヴィアちゃんに聞こえないように二人に忠告した。

「え、あ、うん」

「い、今のはちょっと……」

デボラさんは今までになく素直に頷いてくれ、マーガレットさんはヴィアちゃんの黒い感情が自分に向いたことでちょっと涙目になっていた。

うんうん、分かる。怖いよね。

「シャル」

「な！　なにかな⁉」

「……ふふ、早く行きますわよ？」

「う、うん！」

怖え……。

余計なこと言うなって目が語ってたよ。

その雰囲気に呑《の》まれたのか、デボラさんとマーガレットさんはずっと緊張したまま教室に向かって歩いていた。

事情を知ってるアリーシャちゃんはこっそり溜め息を吐《つ》いていたけどね。

王国貴族令嬢としては、お兄ちゃんが絡んだヴィアちゃんを見るのは微妙なんだろうなあ……。

そんな感じで教室に着き、残りの授業を受ける。

今日は座学ばっかりだった。一般教養も大事ということで、歴史と数学の授業だったけど……昼食後に座学は止めて欲しい。

睡魔《すいま》と戦うので必死だった。

そんなこんなでようやく放課後。

今から家に行くよ！

「さあさあ、デボラさんマーガレットさん、乗って乗って」

学院に迎えに来たのはいつもの乗用車ではなく、少し大きいボックスタイプの車だった。

一緒に帰る人数が増えたことを伝えてたからね、私たち五人と運転手さんが乗れる大人数タイプの車で迎えに来てくれた。

「あ、お、お邪魔します……」

「わあ、私、魔道車乗るの初めてです」

デボラさんは緊張しながらお邪魔しますとか言っちゃってるし、マーガレットさんは魔道車に乗るのが初めてらしく、キョロキョロしながら乗り込んだ。

「あ、マックスのとこと同じ車だね」

「ですわね。あちらも人数が多いみたいですし」

男子チームの方もマックスの家からの迎えが来ていて、私の迎えと同じ車だ。

「マックス君の家もお金持ちなのね」

車が動き出し、後方に過ぎ去っていくマックスたちを目で追いながら、デボラさんが羨ましそうにそう言う。

「まあ、マックスの場合、お金持ちっていうか、あの車マックスの家で作ってるからね」

「あ、そういえばそうでしたね」

「大人数が乗れる車で迎えに来てるってことは、マックス君も無線通信機を？」

「それもマックスんちが作ってるから。私と同じじゃない？　試作機のモニター」

「……こういうの見ると、やっぱり貴女たちは私とは住む世界が違うって思うわね……」

デボラさんは、嫉妬《しっと》から憎悪の視線を投げかけてきた今までと違い、ちょっと寂しそうな顔で向かい合わせで座る私たちを見た。

「うーん、まあ、私が恵まれてるのは自覚してるよ。でも、それを私に施《ほどこ》してくれるパパのことは知ってる？」

「当たり前でしょ‼」

「魔王様のことを知らない人がいるんですか⁉」

「あ、いや、そういう意味じゃなくて……」

あまりにも激しい反応に、思わず慄《おのの》いちゃったよ！

「パパ、高等魔法学院の入学試験を受けるまで、山奥でひいお爺ちゃんと二人暮らしだったの知ってる？」

「知ってるわ」

「知ってます」

「じゃあ、そこがどんなとこかは？」

「「……」」

私の問いかけに、二人は黙って顔を見合わせ、首を横に振った。

パパのことは色んな書物が出ているから、生《お》い立《た》ちから結構知られている。

魔物に襲われた馬車の唯一《ゆいいつ》の生き残りで、身元を示すものが何もなくてどこの子か分からなかったから、ひいお爺ちゃんに拾われて孫として育てられたこととか、ママとの馴れ初めとか。

……幼いころは憧れたりしたけど、今の歳になったら親の馴れ初めとか正直聞きたい話じゃないわね。

で、パパが『どういう』幼少期を過ごしたのか、ってことは広く知られているけど『どこで』過ごしたのか、までは知られていない。

場所は明言されてないし、今も隠されてるからね。

「私は行ったことあるけど、本当に山奥だよ。ポツンと家だけあって、食料は自給自足。私も行ったときは、狩りをして食料ゲットしたもん」

「あれは大変でしたわねえ……」

「あそこから帰ってきたとき、私たちはなんと恵まれているのだろうと、自分の置かれている環境に感謝しましたわ」

そのとき同行したヴィアちゃんとアリーシャちゃんが遠い目をしている。

あのときは、キャンプしたい！　って私たちが騒いだから、ならパパが昔住んでた家に行くかって言われて連れて行かれたんだよ。

あそこはマジでやばかった。

水とお湯の魔道具はあったから飲み水とお風呂には困らなかったけど、コンロの魔道具はないからかまどで薪《まき》を燃やさないといけないし、食料がないから狩りをしないといけないし、狩った獲物は解体しないと食べられないからパパが解体したんだけど私たちはそれを見て吐《は》いちゃって、調理されたものを出されても生きてたときの姿を見ちゃったから食べられないし、空調の魔道具もないから暑くて寝られないし、マジでサバイバルだった。

まあ、最終的には自分で解体できるようになったんだけど……。

家に帰って来たとき、あまりの快適さに思わず皆で涙しちゃったもんなあ。

「パパはさ、そんなとこ出身なのよ。実際、王都に来るまでお金を使ったこともなかったって言ってた。それが、王都に来てからこれだけの改革をして一代で財を築いたのよ」

私はそう言ったあと、二人を見て意識的にニヤッと笑った。

「夢のある話だと思わない？」

「「あんな天才魔法使いと一緒にすんな!!」」

「あるぇ？」

おかしいな？　パパの成り上がり一代記を聞いたら今の境遇からの逆転もあるんだぞってやる気になると思ったのに。

「そういうのはねえ、魔王様ほどの天才だからこそ成り立つ話なのよ！」

「私一般人です！　そんな才能ありません！」

そう言う二人にヴィアちゃんが静かに語り掛けた。

「確かに、おじさまの魔法は素晴らしいですわ。ですが、それは才能があるからではなく、努力の賜物だ……とお父様が仰っていましたわ」

「努力……」

「そうなんですか……」

「お父様曰く、おじさまが凄いのは観察力や思考、それを実際の魔法に落とし込む実現能力だとのことですわ」

ヴィアちゃんはそう言うと、二人に向かって笑いかけた。

「ですから、努力を惜しまなければ、思考することを止めなければ、おじさまほどとはいかなくても、大成することはできると思いますよ」

ヴィアちゃんのその言葉に、デボラさんはハッとした顔をした。

「デボラさんを馬鹿にした人たちを見返してやるのでしょう？　最初から諦めていれば成せることも成せなくなりますわよ？」

さすがは王族というべきか、ヴィアちゃんの言葉には人をやる気にさせるなにかがあると思う。デボラさんはヴィアちゃんの言葉を聞いて、さっきまで羨ましそうにしていた顔から、キリッとした顔になった。

「そう、ですね。人を羨んでいてもしょうがないですよね」

「その通りですわ。自分の成長のために、利用できるものはなんでも利用してしまいなさいな。そのためにちょうど良い人が目の前にいるのですから」

「ちょ、そんな堂々と利用しろとか言わないで」

冗談めかして言うヴィアちゃんのお陰で、車内の空気が弛緩《しかん》した。

そのとき、車が一旦停車した。

「あら、着きましたわね」

「「え？」」

ヴィアちゃんの言葉を聞いて、デボラさんとマーガレットさんが窓の外を見た。

ちょうどウチの門の前に到着し、守衛さんが門を開けるところだった。

「さ、さすがウォルフォード家……守衛がいるのね……」

「は、はわわ、き、緊張してきました……」

せっかく空気が弛緩したと思ったのに、今度は緊張から二人が強張《こわば》ってしまった。

「そんなに緊張しなくても……」

ウチはそんな怖い所じゃないんだけどなあ。

ガチガチに緊張している二人だけど、お構いなしに車は門を通り家の前に着く。

最初に車を降りた私は、車の中にいるデボラさんとマーガレットさんに向かって言った。

「私の家にようこそ！」

そう言うと、二人は顔を見合わせフッと笑い合った。

「お邪魔するわ」

「はい、お邪魔します」

こうして、高等魔法学院で新たにできた友達を家に招待できたのだった。


「はぁ……緊張したわ……」

「はぁ……聖女様、お美しかったです……」

家に入ると親睦会の用意をしてくれていたママが出迎えてくれて、デボラさんとマーガレットさんはまた緊張でガチガチになった。

噛み噛みの挨拶をしていた二人だけど、ママはそんな二人のことを笑わず、優しく歓迎してくれた。

その雰囲気にやられたのか、私の部屋に着いてからも二人はどこかホワホワした様子だった。

「ふふ、さすがおばさまですわ。あの慈愛《じあい》に満ち溢れた雰囲気はそうそう出せるものではありませんもの」

「ですね。シシリー様こそ、女性として目標とする御方ですわ」

ヴィアちゃんとアリーシャちゃんもママのことは大好きで、来るたびに褒めちぎってくる。

そんな二人に一番反応したのはマーガレットさんだった。

「そうですよね！　やはり聖女様は素晴らしい御方ですよね!!」

「え、あ、うん。ママのこと褒めてくれてうれしいけど、そんなに？」

私がそう言うと、マーガレットさんは自分が興奮してヴィアちゃんとアリーシャちゃんに詰め寄っていたことに気付いたのか、慌てて二人から離れた。

「す、すみません！　私、元々高等魔法学院ではなく、神子《みこ》になるために神学校に行こうと思ってたから……」

そういうことか。

ママは神子じゃないけど、創神教《そうしんきょう》本部から正式に聖女認定されているし、治癒魔法の実力も世界最高と言っていい。

「そうでしたの。神子志望だったのなら、おばさまに憧れても仕方ありませんわね」

「あら？　でも、それならどうして高等魔法学院を受験なさったの？」

「あ、それは……」

アリーシャちゃんの質問に、マーガレットさんは口ごもった。

「なにか特殊な事情でもおありになるのかしら？」

「もしそうなら言わなくてもよろしいわよ?」

ヴィアちゃんとアリーシャちゃんの王族、貴族コンビが優雅《ゆうが》にお茶を飲みながらそう言うと、マーガレットさんは逡巡しつつも話してくれた。

「えっと、実は友達に、高等魔法学院を受けるから一緒に受けてくれないかって誘われて……」

「付き添い受験だったの？」

「うん」

「で？　その友達は？」

私がそう聞くと、マーガレットさんはちょっと困った顔になった。

「……落ちちゃいました」

「「「ああ……」」」

本命の子が落ちて、付き添いで受けたマーガレットさんが受かったと、それもSクラスに。

「なんで自分が落ちて私が受かるんだって凄い文句言われちゃって……それ以来その子とは疎遠になっちゃいました」

あはは、と苦笑しながら言うマーガレットさんだったが、私は内心怒っていた。

「そんな子、放っておけばいいのよ。自分の力不足を棚に上げて他人を貶《けな》すなんて、人として最低だわ」

「やっぱり？　デボラさんもそう思う？」

怒ってたのは私だけじゃなかった！

そのことが嬉しくて、ついデボラさんに詰め寄ってしまった。

「ちょ、近い！　ま、まあ、そう思うのも当たり前でしょ。高等魔法学院は完全実力主義。落ちたのも合格したのもその人の実力。文句を言う筋合いなんてないわよ」

「うんうん」

二人で盛り上がる私たちに、マーガレットさんがおずおずと訊ねてきた。

「えっと、気にしないでいいの？」

「当たり前でしょ？　なに？　アンタ、その子からなんか言われたの？」

「言われたっていうか……なんか、周りに私の悪口言いまわってるらしくて……その子以外の友達とも疎遠になっちゃった……」

マーガレットさんのその言葉に、私とデボラさんは揃って立ち上がった。

「ソイツ！　今すぐ呼び出せ！」

「そうだよ‼　私たちがお仕置きしてやる‼」

「はぇっ⁉　お、お仕置き⁉」

憤る私たちに、マーガレットさんがあたふたしている。

てか、怒るなってほうが無理‼

「自分の力不足を棚に上げるだけに留まらず、マーガレットに嫉妬して嫌がらせ！　なんて性根の腐った奴なの‼」

「しかも、ソイツに同調してる奴までいるんだね⁉　信じられない！　マーガレットさん！　そんな奴ら友達でもなんでもないよ！　そいつらもお仕置きしてあげるよ‼」

「え？　え？」

怒濤《どとう》の勢いでマーガレットさんに詰め寄る私たちに、マーガレットさんは目を回している。

「は、はわわ……」

「二人とも、落ち着きなさい」

「った！」

「あたっ！」

はわはわしているマーガレットさんに詰め寄っていた私たちは、ヴィアちゃんに頭を叩かれて物理的に止められた。

「もー、なによヴィアちゃん」

「なにじゃありません。マーガレットさんを見なさい。混乱してるじゃないですか」

「はぇ？」

　ヴィアちゃんに言われてマーガレットさんを見ると、マーガレットさんは目をグルグルさせて変な言葉を発していた。

「わあっ！　どうしたの⁉　マーガレットさん‼」

「貴女たちが不穏なことを言うからでしょう？」

「え？　いや、でも……」

「確かに、そのマーガレットさんの友人……いえ、もう知り合いと言うべきですね。お知り合いの方には憤りを覚えますが、暴力で解決しても意味がないでしょう？」

「う……」

「マーガレットさんも、そんなことは望んでいないのではないですか？」

　ヴィアちゃんがそう言ってチラリとマーガレットさんを見ると、気を取り直したのかコクコクと頷いていた。

「えと、あの……一応、お友達として過ごしてきましたし、その、お仕置きとかは可哀想なので……」

　俯きながらそう言うマーガレットさんに、私とデボラさんは気勢をそがれてしまった。

「アンタがそれでいいならいいけど……」

「うー、なんかモヤモヤする！」

　これ、完全にいじめじゃん！

私とデボラさんが二人でモヤってると、アリーシャちゃんがヤレヤレといった感じで首を横に振っていた。

「皆さん、嫉妬しているのですわ、ただでさえ難関のアールスハイド高等魔法学院にSクラスとして入学できるマーガレットさんに。たかだかそんなことで嫉妬して悪評を流して貶《おとし》めるような者など友人でもなんでもありませんわ。疎遠になっているのなら、そのまま縁をお切りなさいな」

わあ、やっぱりアリーシャちゃん、辛辣ぅ。

「え、でも……」

「そのお友達もどきに未練でも？　現在進行形で貴女を貶めていますのよ？」

「……」

「それに、高等学院が別になると疎遠になるものだと聞いてますわ。そこまでして繋ぎ止めておきたいほどの友情を感じてますの？」

「それは……ない、かも」

「ならいいではありませんか。それに、これからはこうやって集まることが多くなりますし、中等学院時代の友人と会う機会などほとんどありませんわよ？」

「あ……」

アリーシャちゃんの説得に、マーガレットさんはハッと気が付いたように私たちを見た。

　私、ヴィアちゃん、デボラさんはマーガレットさんを見て頷いた。

「そうだよ！　今後は私たちで集まることの方が多いんだもん、そんな奴らのことなんか気にしなくていいよ！」

「そうですわね。そんな方たちのために心を痛めるのは時間の無駄ですわ」

「だね。私も、中等学院時代の同級生とは会いたいと思わないし。散々私のこと馬鹿にしてきた奴らだからね。今後すり寄ってきたら言ってやるつもりなんだ『今更もう遅い』ってね」

　私とヴィアちゃんは一般的な励ましだったけど、デボラさんの言葉には実感が籠もっていた。

「デボラさん……」

　状況は違うとはいえ自分と同じような境遇のデボラさんがいたことが嬉しかったのか、マーガレットさんが潤んだ目でデボラさんを見ていた。

「デビーって呼んでよ、マーガレット」

「ふふ、じゃあ、私のこともレティって呼んで」

「はいはい!!　私もデビーとレティって呼びたい!!」

「……まあ、別にいいわよ」

「ふふ、いいですよ。じゃあ、私もシャルって呼んでいい？」

「もちろん‼」

愛称呼び！　なんか、さらに仲良くなれた気がする！

私とデビーとレティの三人でキャッキャしてたけど、その輪の中にヴィアちゃんとアリーシャちゃんは入ってこなかった。

「ヴィアちゃんとアリーシャちゃんは無理かあ」

私がそう言うと、ヴィアちゃんはちょっと寂しそうに微笑み、アリーシャちゃんは仕方がないと言わんばかりに息を吐《つ》いた。

「え？　なんで？」

事情が分からないデビーが首を傾げた。

「ヴィアちゃん、王族だからね。あまり特定の人間と仲良くしてると思われるとよろしくないんだって。デビーとレティのファーストネームを呼んでるだけでも相当懇意にしてると思われるよ？」

「え？　でも、シャルは？」

「シャルは特別ですわ。お父様とおじさまが懇意なのは世界中が知ってますもの。今更私がシャルのことをウォルフォードさんなんて呼んだら、アールスハイド王家とウォルフォード家に確執が生まれたのかと勘繰《かんぐ》られますわ」

まあ、それを除いても物心付いたころからお互いシャル、ヴィア呼びだったけどね。

「え？　じゃあ、アリーシャも？」

「私は別に構いませんことよ？」

「じゃあ、なんでさっき輪に入らなかったんだ？」

「それは……」

アリーシャちゃんはチラッとヴィアちゃんを見てから言った。

「殿下を一人残してはしゃぐことなどできませんから」

いやあ、ホント徹底してるよね。アリーシャちゃんの王族至上主義。

「え、じゃあ、アリーって呼んでいい？」

「構いませんよ、デビー」

「じゃ、じゃあ、私も……」

「ええレティ、よろしくお願いしますね」

「はい！　アリーちゃん！」

「じゃあ私も！　アリーちゃん！」

「却下ですわ、シャルロットさん」

「なんでよ⁉」

なんで私のことは頑なに愛称で呼んでくれないの、アリーシャちゃん⁉

アリーシャちゃんが呼んでくれないから私も呼べないんだよ！

「貴女は私のライバルですから。馴れ合うつもりはありません」

「ちょっとくらい妥協《だきよう》しようよ！」

「却下です」

「アリーシャちゃーん！」

私たちのやり取りを見ていたヴィアちゃんたち三人が声をあげて笑っている。

ちょっと暗くなりかけてた空気が和んだのはいいけど、なんか納得できない。

ムスッとしている私をヴィアちゃんがよしよしと慰めてくれていると、部屋の扉がノックされた。

「はーい？」

反射的に返事をすると、部屋の外から男の人の声が聞こえてきた。

『シャル、入っていいかい？』

その声を聞いた途端……。

「シルバーお兄様‼」

さっきまで私を慰めてくれていたヴィアちゃんが勢いよく立ち上がり、部屋の扉に向

かったのだった。

……所詮《しょせん》、友情より愛情なのね……。

扉に向かって行ったヴィアちゃんは、勢いよく部屋の扉を開けた。

そこには、今帰ってきたのかアルティメット・マジシャンズの制服に身を包んだシルバーお兄ちゃんがいた。

「おかえりなさいませ！　シルバーお兄様！」

お兄ちゃんの顔を確認するやいなや、お兄ちゃんに飛びつくヴィアちゃん。

「おっと、ただいま。いらっしゃい、ヴィアちゃん」

「お邪魔してますわ！」

「はは、今日も元気だね」

「はい！」

お兄ちゃんに向かって勢いよく返事をするヴィアちゃんに、さっきまでの王女様オーラは微塵《みじん》もなかった。

まるで大好きな飼い主が帰ってきた大型犬だ。

ないはずの尻尾が大きく振られているのが幻視できる。

そんなヴィアちゃんを受け止めたお兄ちゃんは、改めて部屋の中を見て私と目が合った。

「お兄ちゃん、おかえり」

「ただいま、シャル。アリーシャちゃんもいらっしゃい」

「お邪魔しておりますわ」

「それよりどうしたの？ 仕事から帰ってすぐ私の部屋に来るなんて、したことないのに」

「ああ、お母さんが、シャルが高等魔法学院でできた新しい友達を連れて来てるって言うから、挨拶だけでもしとこうと思って」

「ふーん。あ、じゃあ、紹介するね。この子がデボラさん。で、この子がマーガレットさん」

私が二人を紹介すると、お兄ちゃんはフッと微笑んだ。

「初めまして、シャルの兄のシルベスタです。シルベスタでもシルバーでも、好きに呼んでくれたらいいよ。シャルと仲良くしてやってね」

そう言ってニコッと笑うお兄ちゃん。

うぉ……。

「あ、は、はひ……あ、あの、デ、デビョ……んんっ！ デボラ＝ウィルキンスです。よ、よろしくお願いします」

「マーガレット＝フリャ……フラウです……」

二人とも、顔真っ赤で自分の名前嚙み嚙みだ。

それはそうだろう。

サラッとした銀髪、高い身長、幼いころから私と同じでパパに憧れていたお兄ちゃんは、剣術や体術も嗜《たしな》んでいるので身体も締まっている。

おまけに凄く整った顔立ち。

お兄ちゃんは、ちょっとやそっとじゃお目にかかれないくらいの美青年なのだ。

それに加えて今着ているのはアルティメット・マジシャンズの制服。

つまり、魔法使いの超エリートなのだ。

一応、学院にいるときにヴィアちゃんの好きな人だって牽制はしといたけど……あれはそんなこと忘れてるな。

あのデビーでさえ、ポーッとした顔でお兄ちゃんのこと見てる。

まあ、魔法使いの女子で今のお兄ちゃんの姿を見て惚れない奴はいないよね。

対してヴィアちゃんの反応は……。

お兄ちゃんの腕にしがみ付き、デビーとレティに氷のような視線を向けている。

今にも人を刺しそうだ。

……怖すぎて目を逸らしてしまった。

ポーッとお兄ちゃんを見ていた二人だけど、お兄ちゃんを見ているということは、すぐそばにいるヴィアちゃんも見るということで……。

あ、気付いた。

二人の顔色が赤から青、そして白に変わっていき、ガタガタと震えだした。

「？　どうしたの？　この部屋寒い？　シャル、空調効かせ過ぎなんじゃないのか？」

「いや、空調のせいじゃなくて……」

お兄ちゃんの腕にしがみ付いてる人のせいですよ！

とは言えないので、お兄ちゃんは首を傾げるだけだ。

「大丈夫？　体調が悪いんじゃ……」

「い、いえ！　大丈夫です！」

「げ、元気ですから！　お構いなく！」

「そう？　あんまり無理しないでね。じゃあ、僕はそろそろ失礼するよ」

「ええ？　もう行ってしまわれるのですか？」

デビーとレティの体調を心配していたお兄ちゃんだが、二人が問題ないことをアピールすると、すぐに部屋を出て行こうとした。

それを、ヴィアちゃんが上目遣いで引き留めようとする。

うわ、あざと……。

ヴィアちゃんにあんなことされて断れる男なんていないだろう。

ところが、お兄ちゃんはヴィアちゃんの頭に手をポンと置くと、ふんわりと微笑んだ。

「はは。女の子たちの集まりの中に入る勇気は僕にはないよ。僕のことはいいから、ヴィアちゃんはお友達と楽しんでね」

「むぅ、はぁい」

「うん。じゃあ、皆、ゆっくりしていってね」

お兄ちゃんはそう言うと、部屋を出て行ってしまった。

ヴィアちゃんは、さっきお兄ちゃんが手を置いていた頭に触りながら切なげな表情で閉まった扉を見ていた。

「はぁ……」

そして、小さく溜め息を溢《こぼ》すとこちらを振り向き、怪訝《けげん》な顔をした。

「デボラさん、マーガレットさん、どうしましたの？」

ヴィアちゃんの言葉で二人を見ると、二人とも真っ赤な顔をしていた。

あれ？　さっきまで青白い顔してなかったっけ。

「ど、どうしたのって……」

「はふぁ……素敵……王子様とお姫様みたい……」

「ヴィアちゃんはお姫様だよ？」

「そうでした！」

ああ、二人ともお兄ちゃんとヴィアちゃんのやり取りに中《あ》てられたのか。

一見すると、恋人同士のやり取りみたいだもんねえ。

でも、ちょっと違うんだよな……。

二人の反応を受けて、ヴィアちゃんはフッと寂しそうに笑った。

「残念ながら、まだそういう関係ではありませんわ」

「え？　あれで？」

「うそ……」

ねえ、嘘みたいでしょ？　あれで付き合ってないんだよ。

「シルバーお兄様にとって私は妹の友達……もしくは妹としか見られていませんの」

そうなんだよねえ。さっきの頭ポンもそうだし、十五歳にしては大人な身体つきになっているヴィアちゃんがあれだけ接触しても顔を赤らめる様子もない。

お兄ちゃんの中で、ヴィアちゃんは完全に妹枠だ。

ヴィアちゃんは好意を微塵も隠していないが、それだって妹が兄に向ける感情だと思っている。

と、思う。

「あまりに近すぎるのですわ。なにせ幼いころから……それこそ赤ん坊のころから私たちの面倒を見ていたのですもの。今更異性として見て欲しいと言っても難しいのかもしれませんわ……」

　そう言ってしょんぼりするヴィアちゃん。

　そんなヴィアちゃんを見て、デビーが首を傾げる。

「え、でも、殿下はシルバーさんのことお好きなんですよね？　幼いころからずっと一緒にいるのに。兄ではなく男性として」

「いつ頃恋心を自覚なさったのですか？」

　デビーの疑問を受けて、レティも質問した。

「いつ……と言われましても。物心付いたころにはすでに好きでしたわ。お母様が仰るには、赤ん坊のころの私は、お母様にあやされても泣き止まなかったのに、シルバーお兄様に会うと途端に泣き止んでいたそうですから。赤ん坊のころから好きだったのかもしれませんわね」

「あ、赤ん坊……」

「すご……」

「そうですわ。殿下は、シルベスタさんの外見やスペックしか見ていない有象無象《うぞうむぞう》とは違いますのよ」

　ヴィアちゃんの筋金入りのお兄ちゃん好きエピソードに驚いている二人を見て、なぜかアリーシャちゃんがドヤ顔している。

っていうか、ちょっと怒ってる。

「なに？　なんでアリーが怒んの？　え？　まさか、アリーもシルバーさんのこと……」

「……アリーシャさん？」

「ち、違います！　違います殿下‼」

デビーの迂闊《うかつ》な一言で、ヴィアちゃんの瞳から光が消えた。

こわ……。

「あ、あの！　シルベスタさんは初等学院のころからおモテになっていて！　でも、直接声を掛ける勇気もない女どもから、取り次ぎをよく頼まれたのです！」

「……なぜアリーシャさんに？」

「それは、シャルロットさんはウォルフォードですし、殿下は王女殿下でしょう？　そちらには話しかけられなかったらしくて、ちょうど良い私にそういう話がよく来ていたのです」

アリーシャさんがそう言うと、ヴィアちゃんの瞳に光が戻った。

よかった……。

「本当に、あの女どもは次から次へと！　直接話しかける勇気もないくせに取り次いだからといってどうなるというのですの⁉　ですから私、全部断ってやりましたわ‼」

鼻息も荒くそう言うアリーシャちゃん。

これは、相当迷惑かけてたな……。

「ご、ごめん、アリーシャちゃん。お兄ちゃんに変わって私が謝っとくね」

私がそう言うと、アリーシャちゃんはプイッと顔を逸らしてしまった。

ええ……。

「べ、別に、シャルロットさんに謝ってもらうことではありませんわ。謝るのは、私に押し寄せてきた女どもです。ですから、謝罪は必要ありません」

「そうですか……そんなことが……」

ヴィアちゃんから聞こえてきた低い声に、私とアリーシャちゃんはビクッとしてそっちを向いた。

ヤバイ、また病《や》んだ？

そう思っていると、ヴィアちゃんはアリーシャちゃんの手を取った。

「ひっ！」

「ありがとうございます、アリーシャさん。やはり貴女は得難《えがた》い友人ですわ」

「お、お役に立てたなら光栄です、殿下」

「ええ、素晴らしいです。ありがとうございます」

良かった……病んでなかった。

そんなやり取りをしていると、デビーがすごく気まずそうな顔でヴィアちゃんに話しかけた。

「殿下、これはあくまで一般論です。私の意見ではなく、客観的な意見です。いいですか？」

なんでそんな念押しすんの？　一体、なにを話すつもりなの？

「ええ。なんでしょう？」

「アリーの話を聞くに、シルバーさん、相当おモテになるんですよね？」

「……ええ、そうですわね」

「そして、今のシルバーさんは超優良物件です」

「……ええ」

ちょ、段々ヴィアちゃんの声が低くなってる！

その雰囲気に気圧されながらも、デビーは一つ息を呑んだあと、意を決したように言った。

「このままだと、シルバーさん誰かと付き合っちゃうんじゃ……」

「そんなの、分かってますわ‼」

「ひっ‼」

「！」

デビーが核心を突くと、ヴィアちゃんは大きな声を出して立ち上がった。

今までヴィアちゃんが大きな声を出したところなんて見たことないデビーとレティは怯えているし、付き合いが長いアリーシャちゃんもビクッてなってた。

まあ……滅多に見ないよね、ヴィアちゃんのこんな姿。

「シルバーお兄様がおモテになることなんて重々承知ですわ！　ですから、私は一生懸命アピールしているのです！　なのに！　なのに全然靡《なび》かない！　もう、これ以上どうすればいいのですか⁉」

「「「……」」」

大きな声を出して立ち上がったあと、ヴィアちゃんは溜まりに溜まった鬱憤《うっぷん》を吐《は》き出すように叫んで、泣き顔を隠すように両手で顔を覆ってしまった。

あまりに突然の出来事に、私以外の三人は硬直してしまっている。

私は……。

「よしよし。辛いねえ、ヴィアちゃん。頑張ってるよねえ」

「うう、シャルゥ」

私は、ヴィアちゃんが泊まりに来るたびに、この手の相談を受けている。

なので、私にとっては今のヴィアちゃんは珍しい姿ではないのだ。

「私は……私はどうすればいいのですか？　このままでは……このままではシルバーお兄様が誰かに取られてしまいます……」

残念なことに、私はそう嘆《なげ》くヴィアちゃんの背中を撫でてやることしかできない。

なんせ、恋愛経験値ゼロなもんで。

「全くねえ、本当にお兄ちゃんには困ったもんだよ。こんなにヴィアちゃんが好き好きアピールしてるのに全然気付いてないんだから」

「もう、手詰まりですわ」

「どうしようかねえ」

本当に幼いころからヴィアちゃんはお兄ちゃんにアピールしてきているのだ。

それで靡かないとなると、もうどうしていいか分からない。

結局、ヴィアちゃんと二人で、どうしようって困るだけになるんだよ。

そりゃ、私だって自分が好きだから相手も好きにならないとおかしい、なんて馬鹿なことを言うつもりはない。

でも、ヴィアちゃんには報われて欲しいんだよなあ。

本当にどうしよう。

ヴィアちゃんを抱き締めて慰めながら途方に暮れていると、デビーがなにか神妙な顔をしていた。

「どうしたの？　デビー」

「ん？　んー……あの殿下」

「……なんですの？」

「殿下はシルバーさんから妹扱いされているんですよね？」

「……ですわ」

「ちなみに、殿下はシルバーさんのこと、ずっとシルバーお兄様とお呼びに？」

「ええ、それ以外の呼び名で呼んだことはございません」

「あー……」

ヴィアちゃんの答えに、デビーは腕を組みながら天井を見上げた。

「え？　なに？　なんか思い付いたの？」

「！　デボラさん‼」

「は、はい‼」

私から離れ、デビーに急接近したヴィアちゃんは、デビーの手を握り自分の顔をデビーに近付けた。

「なにを思い付いたのですか⁉　教えてくださいまし‼」

必死な表情のヴィアちゃんに、デビーは顔を仰《の》け反《ぞ》らせながら自分の考えを話し始めた。

「えっと、殿下は赤ん坊のときからシルバーさんにお世話になってるんですよね？」

「ええ」

「そして、ずっとお兄様呼び」

「ええ」

「……だからじゃないですか？　妹扱い」

「「……はっ‼」」

な、なんてこと！

今まで普通にそう呼び過ぎて全然気付かなかった！

そうか！　ヴィアちゃんがずっと『お兄様』って呼んでるから、お兄ちゃんもヴィアちゃんを妹としてしか見ないんだ。

ヴィアちゃんが、お兄ちゃんのことを兄として見ていると思って！

「なので、呼び方を変えてみるのは……」

「それ！　いいアイデアですわっ‼」

ヴィアちゃんはそう言うと、デビーの両手を持ってピョンピョン跳ねだした。

「私は、自分で妹だとアピールしてしまっていたのですね！　なら、もうそうではないとアピールすれば……いけますわ！」

「やりましたわね、殿下！」

ヴィアちゃんは興奮状態だ。

そうか、そんな単純なことだったんだ。

これでなんとかなるかも！

「あ、あの！」

そうやって四人でワイワイ言っていると、レティが声をかけてきた。

「ん？　どうしたの？　レティ」

「えと、その、もしかしたら余計なお世話かもしれないんですけど……」

「いいですわ。仰ってください」

ヴィアちゃんに促されたのでレティは大きく息を吸って気持ちを整えてから言った。

「い、今までお兄様と呼んでいたのに急に呼ばなくなったら、余所余所《よそよそ》しくなったと思われませんか？」

レティの指摘に、私たち四人は驚愕《きょうがく》した。

そして『それもあるかも！』と納得してしまった。

結局、不毛な話し合いはふりだしに戻ったのだった。


結局あのあと、ヴィアちゃんのお兄様呼びは修正できなかった。

ヴィアちゃんが日和ったからだ。

ともかく、ヴィアちゃんのお兄様呼びが妹扱いの原因だと結論付けたものの、本人に聞いたわけじゃないから確証がない。

もし急にお兄様呼びをやめたら、レティの指摘通りにヴィアちゃんが余所余所しくなったと思われて、お兄ちゃんが距離を取るかもしれない。

それは最悪の事態だ。

結局、その最悪の事態を避けるために、現状維持を選んだのだった。

「おはようございます、ヴィアちゃん」

「昨日は大変だったねえ」

「……意気地のない女と笑ってくださいまし」

「……笑えないよ……笑えるわけないよ」

朝から教室でどんよりした空気を醸し出すヴィアちゃん。

そんな彼女を笑えるはずがないよね……。

「おはようございます、シャルロットさん」

「おはよ、シャル」

「おはようございます、シャル」

「あ、アリーシャちゃん、デビー、レティ、おはよー」

どんよりと落ち込むヴィアちゃんの相手をしていると、残りの女子三人が集まってきた。

「殿下、まだ落ち込んでるんですか？」

「……いけませんか？」

デビーは呆れていて、ヴィアちゃんはちょっと不貞腐れてる。

昨日の女子会で随分距離が縮まったなあ。

最初は王族になんて近寄りたくないって感じだったのに。

「まだ一回失敗しただけじゃないですか。まだまだこれからですよ」

「そう、かしら？」

「もちろんですわ！　そんな簡単に諦めてどうするのですか！」

デビーに励まされてちょっと気持ちが浮上してきたヴィアちゃんを、アリーシャちゃんが叱咤《しった》する。

アリーシャちゃんって、他の貴族令嬢たちと違って、こうやってヴィアちゃんを叱咤することもあるんだよ。

……お兄ちゃん関連のことだけ。

でも、そうだよね。

別に、落ち込む必要なんてないよ。

「そうそう、まだ直接振られたわけじゃないんだし、諦める必要なんてないよ」

お兄様呼びが出来なかっただけで、こんなに落ち込む必要なんかないと励ましたら、ちょっとヴィアちゃんの目にも力が入りだした。

「そうですわね。まだ勝負すらしておりませんもの。落ち込んでいる暇などありませんわね」

「そうだよ！」

「そうですよ！」

「そうですわ！」

私、デビー、アリーシャちゃんの三人で励ましていると、一人レティだけがその輪の中に入ってこなかった。

「なによ、レティ。アンタは殿下を励ましてあげないの？」

それを見咎めたデビーがそう言うと、レティは慌てたように首を振った。

「え、あ、そうじゃないの。ただ、まさか殿下が振られることがあるかもしれないなんて本当に信じられなくて」

なるほど。レティの言う通りだよね。

アールスハイド王国一と言われる美少女。

本当の性格はちょっとS寄りだけど、表向きは優しい王女様。

ヴィアちゃんが想いを寄せれば、応えない男なんていないだろう。

「確かに。あんなに殿下がくっついていたのに、シルバーさん、顔色一つ変えなかったもんね」

「殿下に優しい顔を向けられていたので、脈がないわけではないと思うのですが……」

「如何《いかん》せん、私への対応とあんまり変わらない気もするんだよねえ」

お兄ちゃんが昨日私の部屋に来たときのことを思い出していると、レティがちょっと首を傾げた。

「それが不思議なんですよね。幼いころから面倒を見ていたとはいえ、今の殿下は幼い女の子ではなく、大人の女性に比べても遜色ない体形をしていらっしゃいますよね……羨ましいです」

「それはいいとして、それでなにが不思議なの？」

十五歳にしては発育のいいヴィアちゃんの身体を羨ましがるレティの言葉を、デビーがバッサリ切って捨てた。

ひど……。

「あ、ええと。私、実は一つ年下の弟がいるんですけど、弟の腕を取ったり身体が触れたりすると赤くなったり照れたりするんですよね」

「え？　なに？　禁断の愛の話？」

「気持ち悪いこと言わないでください。じゃなくてですね、血の繋がった姉弟でもそうなのに、全く血の繋がりがない殿下にそこまで無反応なのってありえるのかなって……」

レティの言葉に、私はハッとした。

「た、確かに！　お兄ちゃん、高等魔法学院に受かったときもアルティメット・マジシャンズに合格したときも、ママに抱きしめられていたけど、ちょっと照れてた！」

私がそう言うと、ヴィアちゃんは顔面蒼白になり、デビーたちはちょっと引いていた。

え？　なんで？

「ま、まさか……シルバーさん、マザコンなの？」

「そんな……おばさまが一番のライバルだなんて……」

「そんなわけあるか」

デビーとヴィアちゃんの言葉に重ねるように後ろから声が聞こえてきた。

「あ、マックス、レイン、おはよー」

「おう、おはよ」

「おは……」

「ああもう、レイン、また寝ぐせが付いてますわ」

「んむ？　どこ？」

「ここですわ。もう、ちょっとジッとしていらして」

流れるようにレインとアリーシャちゃんのいつものやり取りが始まり、デビーがそっちに意識を持っていかれていたけど、ハッと気づいてマックスに向き直った。

「えっと、ビーン君、おはよう。それで？　なんでそんなわけないの？」

ビーン君ってなんか新鮮な呼び方だ。それで？　まあ、デビーはまだマックスとそんなに仲良くなってるわけじゃないからしょうがないのか。

「マックスでいいよ。俺もデボラさんでいい？」

「ええ、いいわよ。それで？」

「ああ。だって、高等魔法学院入学時と卒業時ってことは十五歳と十八歳だろ？　その歳で母親に抱きしめられるとか、男からしたら恥ずかしい以外のなにものでもないよ」

「俺なら全力で拒否する」

アリーシャちゃんに髪の毛を梳《と》かされながら、レインも答える。

「あ、あれ、照れてたんじゃなくて恥ずかしがってたのか！」

「っていうか、なんでシャルは気付かないんだよ」

「だって、私はママに抱きしめられるの好きだもん。フワフワしてるしいい匂いするし、大好き」

ママは確かに怒ると怖いけど、普段は綺麗だし優しいし治癒魔法は上手だし大好きなのだ。

「あー、私はちょっと恥ずかしいかな」

「そうですか？　私は結構嬉しいですよ」

デビーとレティでも意見が割れた。

「へー、女子でも意見が分かれるんだな。まあ、男なら羞恥一択だな。で？　それがどうしたんだ？」

「あ、そうだ！　お兄ちゃん、ママにもそんな反応するのに、ヴィアちゃんにはそういう反応を一切しないってことは……」

「……本当になんとも思われていないということですわね」

あああ、ヴィアちゃんがまた落ち込んじゃったよ。

「そ、そうじゃなくて！　ずっと妹みたいに思ってた子にそういう反応しないように、無理矢理抑え込んでるんじゃないかってこと！」

「え」

私の言葉に、ヴィアちゃんはポカンとした顔をした。

「昔ならともかく、今のヴィアちゃんに抱き着かれて無反応なんて、なんとも思ってなくてもありえないよ！」

「そう言われてみればそうね。私だって殿下に抱き着かれたら真っ赤になる自信があるわ」

「私もですわ」

「私もです」

デビーの言葉に、アリーシャちゃんとレティが同意する。

てか、アリーシャちゃんもかよ。

と、そんなことより。

「女の子でもそうなのに、お兄ちゃんは無反応……これは、お兄ちゃんは意識的に意識しないようにしている？」

私がそう言うと、ヴィアちゃんは見る見るうちに目に力を取り戻した。

「ということは……もっと身体的接触を図っていけば、シルバーお兄様は落ちる⁉」

ヴィアちゃんは立ち上がり、力強くそう発言した。

けど……。

「そう思うけど、あんまり大声でそんな宣言しない方がいいんじゃない？」

「はっ⁉」

今更気付いたのか、ヴィアちゃんは慌てて周りを見回した。

ここにいない人物で言うと、ハリー君とデビット君が、赤い顔をしながら視線を逸らせていた。

「い、今のは忘れてください！」

「「は、はい‼」」

真っ赤な顔で恥ずかしそうに叫ぶヴィアちゃんに、ハリー君とデビット君は赤かった顔を青くしながら返事した。

まあ、王女様のこんな話、他でするわけにもいかないしね。

もし漏らしてしまったらどんなことになるのか、それを想像して青くなったんだろうな。

二人が返事をしたところでチャイムが鳴った。

はぁ、朝から大騒ぎだな。

……ん？

あれ、なんか違和感があるぞ。

なんだろう？　と首を傾げていると、先生が教室に入ってきた。

先生は教壇に立つなり驚くことを口にした。

「皆、おはよう。早速だがお知らせがある。ミゲーレが、高等魔法学院を退学して王立高等学院に転校することになった」

『え⁉』

あ！　そうか！　違和感の正体はこれだ！

さっきのやり取りに、一切セルジュ君が絡んでなかったんだ！

一人足りないから違和感があったのか。

はー、スッキリした。

「あ、あの、どうしてでしょうか？」

スッキリした私と違って、アリーシャちゃんはその理由が気になるようで先生に質問した。

「ああ、なんでも高等魔法学院でやっていく自信がなくなったんだそうだ。やれやれ、勿体《もったい》ないことだ」

「そ、それって……私のせいですか？」

そういえば、昨日アリーシャちゃんの魔法を受けて気絶しちゃったんだよね。

それが転校の動機になったのかも。

アリーシャちゃんからしたら、自分のせいで転校する羽目になったとしたら、いたたまれない気持ちだろうな……。

「そうかもしれんが、ワイマールが気にする必要はない。現にウィルキンスを見ろ」

「え？　私？」

「昨日、ウォルフォードの非道い魔法を受けても、心折れずに学院に通っている。ミゲーレが転校したのはミゲーレの心が弱かっただけだ。ウィルキンスはそれを克服した。よく頑張ったなウィルキンス」

「せんせぇ……」

ちょ、私の魔法が非道いとかどういうこと？

それより、デビーの様子がおかしい。

先生に褒められたデビーは、真っ赤な顔で目を潤ませ、先生を呼ぶ声もどこか艶《つや》っぽい。

これ、完全に惚れてんじゃん。

ガチ恋じゃん。

生徒と教師って、ヴィアちゃんとお兄ちゃんよりハードル高くない？

私は、デビーから先生との仲をどうしたらいいのか相談される未来が幻視できて、私への扱いも含めて深い溜め息を吐《つ》いた。

すっかり、セルジュ君のことは忘れていた。

こうしてSクラスは、入学から一週間と経たずに欠員一名となってしまったのだった。

その後、セルジュ君が転校した影響は……。

特になかった。

昨日と同じく魔法実践の授業では対人戦が行われたけど、セルジュ君は昨日やっていたし、総当たりさせるつもりだったそうなので全員何戦かずつ対人戦を行った。

ちなみに、私はマックスとレインと当たって、どっちにも勝った。

レインは母親であるクリスおばさんから剣の指導もしてもらっているけど、私だってクリスおばさんや、おばさんの後継者と言われている近衛騎士団のミランダさんに時々剣を教えてもらっている。

なので、レインの近接戦闘に付き合いつつ、特大の魔法をぶっ放すことでレインに大ダメージを与えることができたのだ。

戦闘が終わったあと、レインは珍しく悔しそうな顔をして「次は勝つ」って捨て台詞を吐《は》いていた。

そのレインは男子たちのもとへと戻ったとき、皆に激励《げきれい》されていた。

なんか、随分仲良くなったもんだ。

あとは昨日と同じ座学だったんだけど、今日は国語の授業。

今の魔法の主流は無詠唱なんだけど、一昔前までは詠唱が主流だったんだって。

ただ、今でも詠唱魔法を使う場面はあるので、詠唱に使う言葉は正しく理解していないといけない。

という意味で、高等魔法学院において国語は重要なのだ、と先生が言っていた。

そんな座学も終わった放課後、今日は昨日とは違う親睦会をしようとしていた。

事の発端は昼休みだった。

「ねえ、男子たち随分仲良くなったと思わない？」

私がそう訊ねると、女子の皆は頷いてくれた。

「確かに、落ち込んだレインを皆で慰めてましたわね」

「え？　マルケス君、あれで落ち込んでたの⁉」

アリーシャちゃんの言葉に、デビーが目を見開いて驚いていた。

「レインは表情が分かりにくいだけで、ちゃんと感情はありますのよ？」

驚いているデビーに、ちょっとムッとしながらアリーシャちゃんが説明した。

その様子を、ヴィアちゃんはクスクスと笑いながら見ていた。

「そうですわね。私たちでも時々分からないことがあるのですけれど、アリーシャさんはちゃんと見分けますわね」

揶揄《からか》うようにそう言うと、アリーシャちゃんの顔がポンという音が聞こえそうなくらい真っ赤になった。

「そ、そ、そういうことを言わないでくださいまし！」

「あら、ごめんなさいね。それで？　男子がどうしました？　シャル」

「え？　あ、うん。女子は女子で、男子は男子で仲良くなったじゃん？　なら次は、男子と女子で仲良くした方がいいかなって思って」

その言葉に、ヴィアちゃんは少し考える素振りをしたあと、ポンと手を打った。

「確かに、このままだと男子と女子でクラス内が二分されてしまうかもしれませんね」

「でしょ？　だからさ、今日は男女分かれてじゃなくてクラス全体で親睦会しない？」

私がそう言うと、ヴィアちゃんとアリーシャちゃんは賛同してくれた。

ただ、デビーとレティは思案顔のままだ。

「アンタたちは半分と元から知り合いだからいいだろうけど……」

「私たちは、全員初対面ですからね……どうしようかな」

それもそうか。

男子五……もう四人か。

半分は幼馴染みだから、学院で知り合ったのはハリー君とデビット君の二人だけ。

でも、デビーとレティは全員と学院で初対面だ。

「んー、じゃあ、今日はやめとく？」

こういうのは強制してもしょうがないし、まだ入学したばっかりでゆっくり仲良くなってもいいし、無理そうならやめとこうかと提案したのだが、デビーとレティは少し考えたあと首を横に振った。

「ううん。このクラス人数少ないし、早めに親睦が深められるならその方がいいわ」

「私もです。もっと大勢いるクラスなら交流がない人がいてもいいですけど、じゅ……九人しかいないクラスで交流がない人がいるのも困りますし……」

「分かった。じゃあ、ちょっと行ってくるね」

デビーとレティの了承を得たので、私は早速男子が集まっているテーブルに向かった。

「おーい、マックス」

「んぁ？　ムグムグ……なんだ？　シャル」

「あのさ、昨日、男子で親睦会したんでしょ？」

「ああ」

「大分仲良くなったみたいじゃない？」

「まあな。それは女子もだろ？　朝から皆でキャッキャしてたし」

「うん。それでさ、次は男子と女子が仲良くすべきじゃない？」

「あー、つまり、今日は男女で親睦会がしたいと？」

「そそ。さすがマックス、話が早い」

「そりゃどうも。俺はいいけど……」

マックスはそう言うと、他の男子に視線を向けた。

「俺もいい」

「俺もいいぞ」

「僕もいいです」

「だってさ」

「「え？」」

「やった！　じゃあ、今日は男女で親睦会ね。場所はどこでする？」

「じゃあ、爺ちゃんに聞いてみるか？」

マックスのお爺ちゃん、ということは！

「え？　マジで？　いいの？」

「それくらい大丈夫だろ。ちょっと連絡してみるわ」

マックスはそう言うと、無線通信機を取り出した。

「あ、婆ちゃん？　俺、マックス。今日さ、クラスの皆と親睦会したいんだけど、部屋ある？　あ、ちょっと待って。シャル、そっち何人？」

「五人。女子全員」

「ん。全部で九人なんだけど、うん、分かった。じゃあ放課後皆で行くから。うん、じゃあね。オッケーだってさ」

「おお！」

私は思わずマックスに向かって拍手してしまった。

「マックス、どこに通信したんだ？　爺さんの家とはどこだ？」

そういえば、ハリー君は貴族の家の子だったな。

下手な店には行けないのか、ちょっと警戒してる感じがある。

「ん？　ああ、石窯亭《いしがまてい》」

「「石窯亭⁉」」

ハリー君だけじゃなくてデビット君まで叫んだ。

「……そうか。そういえば、マックスはアルティメット・マジシャンズのマーク様とオリビア様の息子だったな。オリビア様の実家は石窯亭……祖父母の経営ってことか」

ハリー君はマックスの家庭事情も十分ご存じなようで、すぐに納得した。

そういう意味ではマックスも有名人だよね。

「というわけなんで、女子にはそっちから話しといて」

「わかったー」

用事は終わったので、マックスにヒラヒラと手を振って男子のテーブルを後にした。

マックスも、ちょっと気取った感じで片手をあげて返事してきた。

まあ、大人ぶっちゃって。

「ただいまー、男子もオッケーだって」

女子テーブルに戻り次第、皆に先ほどの成果報告をする。

「そう、良かったですわ。それで、どこで親睦会やりますの？」

「石窯亭だって」

「「い⁉」」

会場を伝えると、デビーとレティが変な顔をして固まった。

「え、ちょっと、私一回も行ったことないんですけど……」

「わ、私は……その、ここの入学祝いで行きましたけど、予約しないと凄く並ぶからって何ヶ月も前から予約したんですけど……」

まあ、あそこ超人気店だしね。

「……これも、親の七光……」

「いや、この場合、親のっていうか祖父母の七光？　かな？」

デビーがまた変な感じになりそうだったのでフォローしようとしたけど、なんか聞いたことない言葉を発してしまった。

祖父母の七光って。

でも、私がそう言うと二人はようやくマックスの出自を思い出したのか「「ああ」」と納得してくれた。

とりあえず、これで今日の放課後の予定は決まった。

今日は石窯亭でクラス親睦会だ！

そんなわけで放課後、私たちは教室から全員で連れ立って学院を出た。

今日は、お迎えの車はなしである。

九人全員が乗れる車がないからね。

魔道バスなら全員乗れるけど……さすがにそんなの個人で持ってない。

なので、私たちにしてみれば超珍しく全員歩きである。

当然、私たちの周りには見えないところにたくさんの護衛の人がいるけどね。

なんせ、王女様、大企業の社長令嬢と令息、貴族の令嬢と令息がいる集団である。

事前に連絡してあったことで、各家の護衛たちが連携して護衛任務に当たっている。

ごめんよ、私たちの我が儘で大変な思いをさせてしまって。

でも、これくらいしてもらわないと私たちには普通の青春は送れないんだよ。

内心で護衛さんたちに謝りつつも、私は久し振りの街歩きが楽しくて仕方がなかった。

「あ、ヴィアちゃん、これ見て、可愛い！」

「そうですか？　こっちの方が可愛くありません？」

「こっちの方がいいよ！」

石窯亭までの道すがら、可愛らしい雑貨店を見付け、店頭のワゴンに並んでいる雑貨が可愛かったのでついフラフラと引き寄せられてしまった。

二人であれこれ見ていると、アリーシャちゃんとデビーとレティも参戦してきた。

「これ、可愛いですわね」

「え？　こっちの方がよくない？」

「どれも可愛いです！」

やっぱり徒歩だと色んなお店を見付けられるね！

と思って皆とキャイキャイ言っていると……。

「おい、今は目的地に向かってるんだから寄り道すんな」

マックスに注意された。

ちぇ、ちょっとくらいいいじゃんか。

「婆ちゃんに行く時間言ってあるんだからな。それに合わせて飯作ってくれてると思うし、遅れたら冷めた飯だぞ？」

「はい。すぐ行きます」

石窯亭のご飯を冷めさせるなんて、そんなの冒瀆だ。

私はすぐに雑貨店のワゴンから身を翻《ひるがえ》し、マックスのあとに続こうとした。

そのとき。

「あれえ？　デビーじゃん」

雑貨屋の店内から出てきた男女のうちの女の方がデビーに声をかけてきた。

「あ、ホントだ。ウィルキンスだ。こんなとこでなにやってんの？」

男の方も気が付いたようでデビーを見た。次いで店前のワゴンを見て、ニヤッと笑った。

「あー、俺、店の人に言ってくるわ」

「あはは、そうね。デビーんちビンボーだもん、こんなの買えるわけないよね」

「だろ？　だから、盗まれてないかチェックした方がいいですよって言ってこよ」

「さすが、良いこと言うよね」

女はそう言うと、男の腕にしがみついた。

は？　はあっ⁉

なんだ、こいつら⁉

デビーを見ると、顔を赤くして俯き、唇を噛み締めている。

……こいつらか。

「ちょっと、待ちなさいよ！」

あまりにもムカつく奴らだったので、思わず二人を呼び止めた。

すると、声をかけられるとは思っていなかったのか、二人揃って胡乱気《うろんげ》にこちらを振り向いた。

「はぁ？　なに？　アンタ？」

「私はデビーの友達よっ‼」

振り向いた女の顔がムカついたので、思いきり怒鳴ってしまった。

すると、男の方がニヤッと厭らしい笑いを溢した。

「へぇ？　お友達？　アンタ、こいつのこと知ってるの？」

「なにをよ」

私がそう訊ねると、男はニヤニヤしながらデビーに問いかけた。

「いいのかよ？　ウィルキンス。言っても」

「……」

デビーは無言で睨み付けている。

それを肯定と取ったのか、睨まれてムカついたのか、男は自慢気に話をしだした。

「ソイツんチさあ、母親しかいなくて超ビンボーなのよ。だから気を付けた方がいいぜえ？　コイツ盗癖《とうへき》あるからよ」

「私は物を盗んだことなんかない!!」

「それはアンタが上手いこと隠してるからでしょ？　素直に吐《は》きなさいよ、この盗人《ぬすっと》！」

「はぁ……こんな盗人の母親を雇ってやってる恩も忘れてよ、よく盾突けるよな？　いいんだぜ？　俺は、お前の母親がどうなってもよ」

「ぎぎぎっ！」

なんだこれ？

もしかして、デビーは中等学院まで日常的にこんな扱いを受けていたのだろうか？

そして、デビーがこんなことを言われても反抗し切れないのは、お母さんがこの男の店か会社に雇われてるから……。

お母さんを盾に取られて、デビーは言われ放題なのを我慢してるんだ……。

そして、デビーが標的にされている理由は多分……。

「はっ！　なにが高等魔法学院だよ。どうせなにかインチキでもしやがったんだろ？」

「あれじゃない？　試験官に色仕掛けでもしたんじゃない？」

「ぎゃはは！　そうかも！　なんだよ、高等魔法学院の教師は小児性愛者ばっかかよ！」

デビーに対する劣等感だ。

高等魔法学院Sクラスに入学できるほどの実力者であるデビーには、逆立ちしても勝てない。

だから、自分がデビーの親を雇用しているという立場の強みでデビーを貶めて悦に入ってるんだ。

……コイツら、クズだ。

「それより、俺、店に言ってくるわ。盗まれたもんがないかってな」

「いってらー」

私は、男がそう言って店に入り、店員を連れてくるまでジッと待っていた。

なぜなら、さっきから私の隣が寒くてしょうがないからだ。

こういう場合は、大人しく任せるに限る。

程なくして、男が店員を連れて出てきた。

「あー、コイツっす。コイツ、盗癖あるんで、このワゴンの中の商品がなくなっていないか確認した方がいいッスよ」

男がそう言うと、店員はジロッとデビーを見た。

「分かった、調べるよ。教えてくれてありがとう」

店員がそう言ってワゴンを調べようとしたとき。

「お待ちなさい」

私の隣にいたヴィアちゃんが声を上げた。

「は？　なんだ？　アンタ？」

「私のことはどうでもよろしい。それより、まずそのワゴンになにがどれだけ入っていたのか、貴方は確認しているのですか？」

「は？　そんなもん、見りゃ分かんだろ」

「私たちには分かりませんわ。それはつまり、なにも盗られていないにもかかわらず、貴方が商品が足りないと言ってしまえば、窃盗《せっとう》が発生してしまうということです」

「な、そ、それは……」

「ですから、まず、このワゴンに、なにがどれだけ入っていたのか？　それがどれだけ売れたのか、それを全て把握しているのか訊ねているのです。当然、把握していますわね？」

ヴィアちゃんがそう訊ねると、店員は少し目を泳がせたあと、バツが悪そうに言った。

「いや……これは在庫処分だから値段も一律だし、売れても金額しか帳簿には記載してねえ。だから、なにが売れたのかまでは分からねえ」

「では、盗品のチェックなど無駄ですわね」

「ああ、そうだな」

店員は男女とは関係がなかったのか、アッサリと商品のチェックを止めた。

それに男女が激高した。

「ちょっと！　なんなのよアンタ！　勝手なことすんじゃないわよ‼」

「そうだよ！　いいのかよ⁉　コイツの親がどうなっても‼」

「別にいいんじゃない？」

「「はあっ⁉」」

男の殺し文句に答えたのはマックスだ。

それに、男だけでなくデビーまで声をあげた。

「デボラさん、こんな奴がいる会社で働く必要なんてないよ。俺が親父に話付けるから、お母さんウチに転職させなよ」

「え？　ええ⁉」

デビーがこんな扱いを受けても我慢しているのは、いわば母親が人質に取られているようなものだからだ。

それさえ解消すれば、デビーが我慢する必要はなくなる。

「マックス、ナイス」

「だろ？」

「おいおいおい‼　ちょっと待てコラッ‼」

これで万事解決かと思いきや、なぜか男の方が激高して詰め寄ってきた。

「俺んちは、ビーン工房直属の工房だぞ⁉　テメエんちが何やってるか知らねえけど、俺んちが圧力かけたらテメエんちなんてすぐに潰せんだからな⁉」

そう吠えたのだけど……女の方は得意気な顔してるけど、私らの方はデビーまで含めて呆れ顔だ。

「へえ、なんて工房？」

「ああ⁉　ハサン工房だよ‼　テメエんちはどこだよ⁉　ゼッテー潰してやっからな⁉」

「ああ、うち？　ビーン工房だよ」

「……は？」

よく聞こえなかったのか、男は怪訝な顔をして聞き返してきた。

「だから、ビーン工房だよ。俺はマックス＝ビーン。ビーン工房の息子でね、一応跡継ぎってやつかな」

「あ……え……う、うそ、だろ……」

「そんな嘘吐《つ》いてどうすんの？　それより、ウチの下請けがウチ潰すんだ？　変なこと言うな、お前」

「え、あ、いや、ちが……」

「なにが違うのか分からないけど、まあいいや。デボラさんのお母さんはウチに再就職させるから、変な妨害すんなよ？」

「わ、わかり、ました……」

母親という人質が奪われたからか、男は非常に苦々しく返答した。

それにしても、親会社の御曹司《おんぞうし》に喧嘩売るとか、運がないね、この男。

まあ、マックスも名乗ってないけど、誰彼構わず喧嘩売るからそういうことになるんだよ。

それと、もう一人喧嘩売っちゃいけない相手に喧嘩売ってたよね。

「ちょっと待ちなさいよ!!　そんなことより、デビーが盗み働いてたのは事実でしょ！　それなのに、なんでアタシらが責められてんのよ⁉」

「事実？　貴女、今事実と仰いましたか？」

「言ったわよ！　それがなに⁉」

「事実ということは、デボラさんが誰かの物を盗んで、それを持っていることを確認したのですね？」

「ソイツはしらばっくれるのが上手いんだよ！　教室でものがなくなったときの犯人はビンボーなコイツしかいないのに！」

「はぁ……」

なんか滅茶苦茶なこと言ってる女に、ヴィアちゃんはそれはそれは深い溜め息をお吐《つ》きになられました。

ゆるゆると首を横に振る動作付きです。

メチャメチャ煽ってます。

女、激おこです。

「なによ！　その態度は‼」

「こういう態度を取りたくもなりますよ。いいですか？　貴女は、デボラさんをどうにかして貶めたいがために、証拠もないのに犯人に仕立てようとしている。自分でもおかしいと思っているんでしょう？　言ってることが無茶苦茶ですもの」

「ア、アタシは間違ってなんかない！」

「デボラさんに勝てない。勝てる方法がない。なら境遇を馬鹿にして貶めてやろう。この境遇ならこういうことをしていてもおかしくないよね？　いや、そうでないとおかしい……と、こんなところかしら？　貴女がそんな変な思い込みに走った理由は」

「ア、アタシは……アタシは悪くない‼」

「いえ。名誉毀損《めいよきそん》でしょう。それもかなり重度ですわね。冤罪をでっち上げて擦り付けようとしているのですもの。訴えたら勝ちますわよ」

淡々とヴィアちゃんがそう言うと、女の方は怒りが頂点に達したのか、暴挙に出た。

「いちいち煩《うるさ》いのよ！　アンタっ‼」

ヴィアちゃんに向かって襲い掛かってきた。

それを、涼しい顔で見ているヴィアちゃん。

ちょ、マジ？

「ぐうっ‼」

ヴィアちゃんが一歩も動こうとしないので、私が慌てて襲い掛かってきた女を押さえつけた。

「ちょっと、自分で対処できたでしょ？」

「ですわね。でも、私が対処すると、もう取り返しがつきませんよ？」

「あー、そっか」

今ならまだ未遂で済むってことか。

「うがあっ‼　はなせえっ‼」

「放すわけないじゃん」

まだ喚《わめ》く女を押さえつけていると、血相《けっそう》を変えた護衛さんが走り寄ってきた。

「殿下！　ご無事ですか⁉」

「ええ。大丈夫よ。シャルが護ってくれました」

「すまないシャルロット嬢！　恩に着る」

「ああ、いいですよ。ヴィアちゃんが目の前で煽りまくった結果なんで、自業自得です」

私がそう言いながら女を護衛さんに引き渡すと、女は驚愕に目を見開いていた。

「で、でん、か……？」

「あら、そういえば名乗っていませんでしたわね」

ヴィアちゃんはそう言うと、制服のスカートの端を持って見惚れるようなカーテシーを披露《ひろう》した。

「私、アールスハイド王国第一王女、オクタヴィア＝フォン＝アールスハイドと申します。以後、お見知りおきを」

ヴィアちゃんはそう言って、それだけで人が殺せそうなほど冷たい視線を女に向けた。

お見知りおきを……ってことは、もう覚えたからな、ってことだ。

王女に襲い掛かったうえ、目を付けられた。

その恐怖からだろうか、女は青を通り越して白い顔色になり、ガクガクと震え始め、

足元には水たまりができていた。

あー、今この子の脳裏には処刑エンドが渦巻いてるんだろうなあ。

男の方も、腰を抜かしてガクガクしてる。

さっき親会社の御曹司に喧嘩売ったと思ったら、今度は彼女が王女様に喧嘩売るんだもんな。

まあ、どっちも名乗ってないから、詐欺《さぎ》みたいなもんだけど。

店員さんの方は、特に疚《やま》しいこともないから膝をついて首を垂れているだけで、震えてはいない。

護衛の人たちは、そんな震えている男女だけを取り押さえ、連行しようとするが、そこにヴィアちゃんが声をかけた。

「ああ、私、その方たちに名乗っていませんでしたので、私のことを正しく認識しておられませんでしたわ。ですので、そのことを考慮に入れてあげてくださいませ」

「はっ！　かしこまりました！」

「十分肝も冷えたでしょう。寛大な処分をお願いしますわ」

「ははっ！」

護衛の人たちは、自分を襲ってきた者に温情をもって接する慈悲深いヴィアちゃんに感激している。

いやいや。

男女を連行していく護衛さんたちを見送ったあと、私はヴィアちゃんにこそっと聞いた。

「自分で煽りに煽った挙げ句、反逆罪で処刑はやり過ぎだと思ったから焦ったんでしょ？」

「な、なにを言っているのか分かりませんわ」

ヴィアちゃんはそう言ってプイッと横を向いた。

「マックスはいいの、あれで？」

「ああ、ハサン工房？　あそこの工房から仕入れる部品、最近粗悪品《そあくひん》が多くてさあ、何回言っても改善されないから、次の契約期間満了で契約打ち切ることが決まってんの」

「ああ……そういうこと」

「まだ社長にも言ってないから息子に言うわけにはいかなくてね。それにしても、息子があれだと親も相当だろうな。切って正解だったわ」

マックスはそう言うと、デビーの方を向いた。

「ってわけで、今日帰ったらお母さんに言っといてくれる？　明日はハサン工房じゃなくてビーン工房に行ってくれって」

「え、あの……いいの？」

今の怒濤の展開に付いていけていないのか、デビーがあたふたしながらマックスに問い返した。

「もちろん。ウチ、シンおじさんのお陰でいっつも人手不足だからさ、工房での勤務経験があるならありがたいんだよ」

デビーはマックスの言葉に涙が滲《にじ》んできていた。

それを悟られたくないのか、涙を見せないように俯いた。

「……ずっ。うちのお母さん、経理なんだけどどい？」

「経理⁉　マジで⁉　そりゃありがたい‼　是非来てください‼　お願いします！」

デビーの言葉に、マックスは大袈裟《おおげさ》に驚いて懇願するように頭を下げた。

その様子を見て、デビーはようやく笑った。

「ふ、ふふ。うん、分かった。お母さんに言っとく。ありがと……」

「こちらこそ」

そう言って二人は握手した。

デビー、ホントに嬉しそうだ。

私まで涙が出そう。

「殿下も、ありがとうございました」

「いえ。私は、目の前でとても許容できない理不尽が起こっていたので見過ごせなかっただけですわ」

「それでもです。ありがとうございました」

「お止めください。私たち、お友達ではありませんか」

「でんか……」

ニッコリ笑うヴィアちゃんに、デビーの涙腺《るいせん》がついに決壊し、ヴィアちゃんの胸に飛び込んだ。

「わあああっ‼」

「よしよし、もう大丈夫ですからね」

「う、うえええ！」

「見たところ、あれがデボラさんを貶めていた主犯格なのでしょう？　これでもう、デボラさんが貶められることはありませんよ」

「うん、うん」

「今まで、よく頑張りましたわ」

「ふぅうっ！　はいぃ」

泣きじゃくるデビーをヴィアちゃんが優しく慰める。

良い光景だなあ……。

「ホント、女子は仲良くなったよな」

「だね」

「じゃあ、そろそろ行かないか？　マジでもう時間過ぎてる」

『あっ‼』

マックスの言葉で、ようやく私たちが親睦会の会場に向かっていることを思い出した。

「や、やばっ！　もう！　早く言ってよ！」

「言えねえだろ、あの状況じゃ」

「おのれえっ！　名も知らぬいじめっ子どもめえ‼」

あいつらのせいでこんなに走る羽目になったじゃないかあ！

「……やはり、厳罰に処すように言うべきかしら？」

「さすがにやめてあげてくださいまし。あの状況での厳罰は極刑になる可能性もあるので」

ポソッと恐ろしいことを言うヴィアちゃんをアリーシャちゃんが窘《たしな》める。

「「きょ、極刑⁉」」

まさかそこまでとは思っていなかったのか、デビーとレティが驚愕の声をあげた。

なるんだよ。王族に危害を加えようとしたから。

「いいから走れ！」

『ああ、もう‼』

マックスに叱責《しっせき》されて、私たちは必死に走るのだった。

そんな私たちの後方では……。

「俺たち」

「完全に」

「空気だ」

全く出番のなかったレインたちがそう呟《つぶや》いていたそうだ。

◇第三章◇　順調な学院生活と、忍び寄る傲慢

あの後、皆でダッシュして石窯亭《いしがまてい》に到着した私たちは、予定の時間より少し遅れたものの、無事親睦会《しんぼくかい》を始めることができた。

男子と女子で向かい合って座り、改めて自己紹介をし合い、そのあとはご飯を食べながら雑談となった。

ハリー君は、子爵家《ししゃくけ》の次男なのだがお兄さんが優秀らしくて、おそらく跡継ぎはお兄さんで決まりだろうとのこと。

ということで、自分は他で生計を立てないといけないので、魔法師団を志望しているそうだ。

デビット君は、レティと同じで、一般市民のごく普通の家に生まれて、普通に街の初等・中等学院に入って、魔法の成績が優秀だったから高等魔法学院を受験したらしい。

そういう経緯で受験したからまだ将来の目標なんかは決まってないらしい。

このクラスの男子は、デビット君を除いて将来の目標が決まっているので焦っている

そうだ。

一番分かりやすいのがマックスで、ビーン工房の跡継ぎになることを望まれており、本人も鍛治仕事や物づくりが好きなこともあり、その道に進む予定。

レインは諜報部《ちょうほうぶ》志望。目標が定まってるのはいいことだけど、理由が意味分からん。

ハリー君は今言った通り。

女子の方は……そういえば、誰からも将来の目標を聞いたことなかったな。

ヴィアちゃんは、お兄ちゃんのお嫁さんだろうし、アリーシャちゃんは私に対抗心を燃やして高等魔法学院に入学までしたけど、そういえば目標とか聞いたことない。

デビーは、さっきみたいな奴らを見返してやりたい、っていうフンワリした目標は聞いたけど、具体的な話は聞いてない。

レティは、そういえば元神子《みこ》志望だって言ってたな。

「そういえば、レティは神子志望だって言ってたけど、今でもそうなの？」

「いえ、今は神子というより治癒魔法士になりたいと思ってます」

「へえ、そうなんだ」

治療院は教会の付属施設だから治癒魔法の使える神子さんが治療に当たることが多いけど、皆が皆神子さんなわけじゃない。

一般の人もいるのだ。

「じゃあ、レティは将来の夢が決まっているんだ。シャルは？　やっぱりアルティメット・マジシャンズ？」

デビーにそう聞かれたので、私はちょっと考えた。

アルティメット・マジシャンズに入団するのは、高等魔法学院に入学するのと同じで最低限の目標だ。

私の本当の目標は別にある。

「もちろんアルティメット・マジシャンズは目指すよ。でも、それが本当の目標じゃない。それは就職先の希望かな」

「就職先って」

「私の本当の目標はね……」

私は、デビーの目を真《ま》っ直《す》ぐ見て、ニヤッと笑った。

「パパから、魔王の称号を受け継ぐこと」

私がそう言うと、皆が「なに言ってんだ？　コイツ」という顔をした。

「アンタ、なに言ってんの？」

言われた。

「そのままの意味だよ。私はいつか、パパみたいな魔法使いになって、魔王の称号を受け継ぐんだ！」

力強く宣言したのだけど、皆は隣同士で顔を見合わせて首を傾《かし》げている。

「ん？　そんな変なこと言ったっけ？

「まあ、シャルがそういう目標をお持ちなのは良いことですわ。それより、魔王の名はシャルが受け継ぐの？」

「もちろんだよ！」

私がそう言うと、ヴィアちゃんは首を傾げた。

「あら？　でも、確か魔王って、お爺様がおじさまに与えた二つ名だったと思いますけど？　称号でしたかしら？」

「む、そ、そう、だけど……」

「それに、もし魔王の名が継承できるとして、一番の候補はシルバーお兄様ではありませんの？　もうすでに『魔王子』と呼ばれていると聞いておりますわ」

「ぐぬぬぬ！」

そう、そうなのだ！

お兄ちゃんは、高等魔法学院に首席で入学、首席のまま卒業、そしてアルティメット・マジシャンズへ入団と、魔法使いとしてのエリート街道を驀進《ばくしんちゅう》中である。

加えてパパの息子。

そのお陰で、周りの人はお兄ちゃんのことを『魔王子』と呼び始めているのだ。

「順当に行けば、シルバーお兄様が次期魔王となるのが自然ですわねえ」

「ち、ちくしょう！」

お兄ちゃんめえ！

尊敬してるけど！　大好きだけど！　これだけは譲れない！

「だ、だったら！　私は『魔王女』って呼ばれるようになるもん‼」

「あら、私と同じですわね」

「そういう意味じゃないよ⁉」

王女って言葉が入ってても、ヴィアちゃんとは全然違うから！

ただの敬称だから！　権力とかないから！

「はぁ、まあ、アンタの目標はなんとなく分かったわ。それを踏まえて聞きたいことがあるんだけど」

「なに？」

デビーが、なんかちょっと呆《あき》れた目をしながら訊《たず》ねてきた。

「研究会、どうすんの？」

その言葉に、皆は顔を見合わせた。

そういえば、説明会は終わったけど誰も研究会に入ってないな。

「私は無理ですわ。お父様と違って、王城での勉強に加えて研究会にまで参加できる余裕はありませんわ」

「私は殿下と行動を共にするように仰せつかっていますので、私も無理です」

ヴィアちゃんとアリーシャちゃんは、そう即答した。

「俺はどうしようかな。生活向上研究会に入ってもいいけど、それだと正直ウチで手伝いしてる方が身にはなるんだよな」

マックスの家は、アールスハイド一の工房だ。

学院の研究会なんかよりも勉強になるだろう。

「私は、攻撃魔法研究会に入ろうと思っている。この学院で一番大きな研究会だし、卒業生には魔法師団に就職した者も多いそうだからな」

ハリー君はもう決めてるっぽい。

「僕はどうしようかな。正直、なにも決めていないから、今すぐ決めろと言われても難しいな」

デビット君は迷い中と。

「それは私も同じね。正直、今日のあいつらを見返すことだけしか考えてなかったから、それが達成できてしまったらなにをどうしていいか分からなくなったわね」

デビーも同じ。

っていうか、目標自体見失ったみたいだ。

「私は、聖女研に入ろうと思います」

レティは、聖女研……ママのことを研究する研究会に入る。

「え、マジで？」

「はい」

「そんなとこ入るくらいなら、ウチでママに教わった方がいいんじゃない？」

「うえっ⁉」

前から思ってたけど、レティって驚いたときの声が変だよね。

「そ、それも大変魅力的なんですけど……私、同担の人と一緒に推《お》しを崇《あが》めたいんですよね」

「おぅ、そう。それなら仕方ないか」

レティは同担歓迎なのね。

「で、シャルはどうすんの？　シン様みたいに新しい研究会でも作るの？」

「そのつもりはないかな。私は、パパみたいに新しい魔法を作ったり、魔法そのものを解明したりできないもん」

「あれ？　シャルはシン様の称号を受け継ぐんじゃないの？」

「デビー」

「なに？」

「パパはね……別次元の存在なんだよ……」

私はパパの魔王の称号を受け継ぎたいと思っているけど、追い越せるとは夢にも思っていない。

あれは、そういう次元じゃない。

それこそ、創神教が認めるように神様から遣わされた人間だと言われる方が納得できる。

「そ、そうなのね……で、結局どうするの？」

「私は研究会に入るつもりはないかなあ。それより、家でママとかひいお爺ちゃんたちに教わった方がいいもん」

「はー、聖女様に賢者様から教わり放題ですか。贅沢《ぜいたく》なことで」

「あ、デビーも、予定がないならウチ来ない？　ママは治療院に行ってることも多いけど、ひいお爺ちゃんとひいお婆ちゃんは、暇すぎてボケそうだって言ってるから、私たちが相手してあげると喜ぶよ」

私がそう言うと、デビー、レティ、ハリー君、デビット君の視線が一斉にこっちを向いた。

「え……い、いいの？」

「いいよ。元々アルティメット・マジシャンズだって、パパが同じクラスだった皆に魔法を教えてあげたのが始まりだし。ひいお爺ちゃんから指導受けてたらしいし」

「そ、そう、なの……。だ、だったら、お願いしようかしら？」

「いいよー。ならデビーは研究会なしね」

「あ、あのさ！」

デビーが研究会に入らず、放課後は私と共に行動することが決まったとき、デビット君が立ち上がった。

「ぼ、僕も参加していいかな？」

「いいよー」

「軽っ！　え、そんな簡単に決めていいの？」

「いいんじゃない？　まあクラスメイトの特権ってやつだね」

「特権……そっか。うん、ありがとう。その特権、ありがたく使わせてもらうよ」

「うん。レティとハリー君は？」

さっき入る研究会を決めていると言っていた二人に視線を向けると、凄く悩ましい顔をしていた。

「そ、それは……賢者様、導師様の教えも捨てがたい……しかし、研究会に入っていた方が就職に有利だし……」

「あ、言っとくけど、毎日じゃないよ？　私だって放課後遊びたいし、ひいお爺ちゃんたちもう歳だからねえ」

「……なら、教えを受けるときだけ行動を共にしてもいいか？」

「それでいいよ」

「わ、私もそれでお願いします！」

「分かった。あ、でもレティの場合はママからの指導の方がいいよね？　その辺どうする？」

私がそう言うと、レティはまた悩まし気に考え込んだあと、小さく頷《うなず》いて私の方を向いた。

「聖女様のご指導が受けられるのはタイミングが合ったときでいいです。それより……私も、放課後シャルやデビーと遊びたいです……」

モジモジしながらそう言うレティ。

いやん、なにこの可愛い生き物。

「もちろんだよ！　一緒に遊ぼうね！」

「うひゃ！　は、はい！」

思わず抱き着いた私を、レティはまた変な声を出しながらも受け止めてくれた。

「シャルたちだけなんてズルいですわ。私も行きますからね」

放課後遊びに行こうと頷き合う私たちに、ヴィアちゃんが膨《ふく》れっ面《つら》になりながら割り込んできた。

「もちろんいいよ。けど、そうなると、また護衛の人たちが大変だなあ」

私がそう言うと、なぜか周りの人たちが呆れ顔になった。

「え、なに？」

「なに言ってんの？　アンタが遊びに行くときも、同じ状況になるでしょうが」

「……」

そうでした。

「でも、私たちせっかく高等学院生になったんだから、その辺は慣れてもらおう。でないと、高等学院生活が堅苦しいことになっちゃうよ」

「そうですわ。こうした状況にも慣れてもらわないといけません。これも訓練ですわ」

私とヴィアちゃんがそう言うと、デビーがポソッと言った。

「……ただの我儘《わがまま》じゃん」

「「違います!!」」

我が儘じゃない、街中での護衛訓練なんだよ！

そういうことにしといてよ！

「そ、そういえば、レインはどうするの？」

「俺？」

デビーの追及を誤魔化そうと、まだ聞いていなかったレインに研究会の話を振ると、話に参加せず黙々とご飯を食べていたレインが顔をあげた。

そして、少し考えたあと、ニヤッと笑って言った。

「忍者研、作る」

「人数集まんの？」

「！」

なんか、また変なことを言いだしたので正論をぶつけてやると、驚愕《きょうがく》に目を見開いた。

そして、私たちの顔を見回した。

「言っとくけど、私は入んないからね」

私の言葉に、全員が頷き、レインはショックを受けた顔をして項垂《うなだ》れ、それをアリーシャちゃんが慰《なぐさ》めていた。

なんで了承してもらえると思ったんだろうね。

やっぱ、馬鹿なのかな？

親睦会のあと、ハリー君は攻撃魔法研究会に、レティは聖女研究会に入会した。

ハリー君は就職のため、レティは同担と盛り上がるためだ。

レティは、私と同じクラスで、時々私の家に遊びに行くこともあると研究会で話したところ、ママのことについて知ったことがあれば教えて欲しいとお願いされたらしい。

しかし、その内容がプライベートなことまで含まれていたので、レティはその頼みを断ったらしい。

「スパイみたいな真似はちょっと……」

と言うと、渋々だが引き下がってくれたそうだ。

しかし、聖女研は治癒魔法士を志望している生徒の集まり。

同じく元々治癒魔法士を目指していたレティは、ママから治癒魔法を教えてもらうことになっている。

ママにお願いしたら快諾してくれたので。

で、ママから治癒魔法について教えてもらったことは、聖女研の皆にも教えていいという許可がママから出たので、レティがママに治癒魔法を教えてもらって聖女研に伝える、という流れができあがった。

今まで独自にママの治癒魔法について研究していただけの研究会だったので、ある意味公認を得たのと同じだと、聖女研は大層盛り上がったらしい。

ただ、聖女研のメンバーが家に来ることは遠慮してもらっている。

ママがレティに治癒魔法を教えるのは、レティが私の友達だから特別なのだ。

じゃあ、ママの治癒魔法は誰にも教えていないのか？　と言われればそうじゃない。

ママの治癒魔法の伝導は治療院で行っている。

つまり、家で魔法を教えるのは特別なことなので、もしママから直接治癒魔法を教えてもらいたいなら治癒魔法士になって治療院に就職してくださいってこと。

レティは、私と友達になった特権だ。

そして、その特権は他のクラスメイトにも適用される。

親睦会以降、デビーは私たちと行動を共にするようになった。

当然家にも来る。

同性の友達だからね。

ハリー君とデビット君は、たまに家にも来るけど、基本的にはマックスたちと一緒が多い。

そんな中デビーは、ほぼ毎日私と行動を共にして、街に遊びに行ったり、家に来てひいお爺ちゃんたちから魔法の指導を受けたり、運よくパパが家にいるときはパパからの魔法指導を受けたりしている。

パパの魔法指導なんて、アルティメット・マジシャンズに入団しないと絶対受けられないもの。

ひいお爺ちゃんなんて、隠居してアルティメット・マジシャンズでも教えてないから、その指導なんて超レア。

それが受けられたのは、パパの娘である私と友達になったからに他ならない。

世間からすれば……というか、今までのデビーからすればズルいと思われる状況なのだが、実際に自分がその特権を享受すると、そういうことは言わなくなった。

「今まで、特権を持ってる人たちはなんてズルいのって思ってたけど……自分がその立場になると、とても手放せるものではないわね」

パパが昔から使っていた荒野にある魔法訓練場にて、魔法を放ちながらデビーがそんなことを言う。

最初、この荒野にひいお爺ちゃんのゲートで来たときは「これがアルティメット・マジシャンズの秘匿《ひとく》魔法、ゲート!!」って大興奮してた。

二回目からは言わなくなったけど。

「そう？　それにしても、デビーの魔法、上達したねえ」

「賢者様のご指導が的確だからね。今まで自分で試行錯誤してたのがなんだったのかって思うわ」

デビーがそう言うと、後ろから「ほっほ」という声が聞こえてきた。

「それは決して無駄なことではないぞ、デボラさん。デボラさんは今まで自分で試行錯誤してきておるから、魔法に対する理解が深まっておる。その上でアドバイスを貰《もら》うからすぐに理解できる。デボラさんは、ワシが教えてきた中でも相当優秀な部類じゃて」

私たちの魔法指導をしてくれているひいお爺ちゃんが、嬉しそうな顔をしながらデビーのことをそう評価する。

評価されたデビーは、照れくさそうにしながらも嬉しそうだ。

私がデビーをこの魔法練習に誘ったのも、デビーが今まで一生懸命頑張っていたことを知ったからだ。

あまり恵まれている家庭環境とはいえず、同級生たちから馬鹿にされいじめられても腐らず、高等魔法学院Sクラスに合格するほど頑張ってきたデビーだからこそ、私は手を差し伸べた。

すごく上から目線なのは分かってるけどね。

頑張ってる子は応援したいじゃん。報われて欲しいじゃん。

それに、デビーもレティも一緒に強くなれば、パパたちみたいな関係になれるかもしれないし。

そんな将来を夢想《むそう》していたらポカッと頭を叩かれた。

「ほれ、なにやってんだい、手が止まってるよ、シャル。そんなんじゃああっという間にあの子に追い抜かれちまうよ」

後ろを振り向くと、ひいお婆ちゃんが腕を組んで仁王立《におうだ》ちしていた。

「はーい」

ひいお婆ちゃんは、ウォルフォード家の女帝だ。

だれもひいお婆ちゃんには逆らえない。

なので私も素直に魔法練習を再開した。

「ふむ。二人とも大分《だいぶ》上達してきたのう。これなら、もうすぐ行われるという競技会も大丈夫なんじゃないか？」

ひいお爺ちゃんの言う競技会とは、対人戦闘訓練用の魔道具が本格的に授業に組み込まれるようになったので行われるようになった高等魔法学院のイベントだ。

学年ごとに行われ、Sクラスは全員、A、B、Cクラスから選抜された各二名……今回はウチのクラスで欠員が出たからAクラスから三名、各学年計十六人でトーナメントを行う。

そして、各学年の優勝者で総当たり戦を行い、総合優勝を決める。

今までになかった試みが近々正式に行われるのだ。

ちなみに、去年のプレ大会総合優勝はお兄ちゃんだ。

「そうさねえ。それにしても、魔法の対人戦闘訓練用の魔道具なんてよく作ったもんだ。相変わらずだねえ、あの子は」

「ほっほ。まあ、誰にも迷惑はかけておらんし、むしろ子供たちの実力向上に一役買っておるんじゃし、良いことじゃろ。それにしても、それがワシの若いころにあったらのう」

ひいお爺ちゃんが、昔を懐かしがるようにそう呟《つぶや》くと、ひいお婆ちゃんがメッチャ嫌そうな顔をした。

「よしとくれ。あんなもんが私らの若いころにあったら、アンタ誰にでも見境なく勝負をしかけてただろ」

「「え？」」

ひいお婆ちゃんの言葉に、私たちは耳を疑い思わず魔法を放つ手を止めてひいお爺ちゃんを見てしまった。

今のひいお爺ちゃんは好々爺……というか、段々仙人みたいになってきていて、好戦的なひいお爺ちゃんなど想像もできない。

じっとひいお爺ちゃんを見ていると、ひいお爺ちゃんはふと視線を逸《そ》らした。

「まあ、誰にでも若い頃はあるということじゃ」

「そ、そうなんだ……」

どうやら本当のことのようだ。

ちなみに、今私たちの手元にその魔道具はない。

対人戦闘訓練用魔道具は学院で管理し、申請した場合のみ教員立ち合いのもと使用が許可される。

　私は開発者の娘だけど、公平を期すため使わせてもらえない。

　まあ、当然だよね。

　そんなわけで、私たちはひたすら自分の魔法の強度と精度を高めるための練習をしているのだ。

「そういえば、明日はマックスたちもこっちの練習に参加したいって言ってたけど、いい？」

「おお、いいぞ。子供らがたくさん集まってくれるのは嬉しいことじゃ」

「まあ、暇だしね」

　ちなみに、今日の男子たちは、ビーン工房で新作のマジコンカーができたとのことで、そっちを見に行っている。

　マジコンカーとはマジカルコントロールカーの略称。操縦機に魔力を流して小さい車を動かす魔道具で、男子に絶大な人気を誇っている。

　遊びにかまけている男子には負けられないよね。

　ヴィアちゃんは、お城で王女様のお勉強があるとのことでアリーシャちゃんと共に欠席です。

「頑張ろうね、デビー」

「もちろん。あ、そういえばそろそろレティも帰ってきてるころじゃない？」

「そうかも。そろそろ帰る？」

「そうね。そうしましょうか」

今日はレティも一緒に家に来たのだが、ちょうどママがいたので治癒魔法を教えてもらうため別行動を取っていた。

そちらもそろそろ帰ってきてるころなので、私たちは魔法練習を切り上げ家に帰ってきた。

ひいお爺ちゃんの作ったゲートを潜って最初に見たのは、真っ青な顔をして俯《うつむ》いて口を押さえているレティの姿だった。

「ど、どうしたの⁉　レティ！」

「だ、大丈夫なの？」

あまりに非道い顔色だったので、私とデビーは慌ててレティに駆け寄った。

すると、レティはゆるゆると青白い顔を上げた。

「う、うん……だいじょぶ……」

「全然大丈夫そうじゃないよ！　座ってないで横になりなよ！」

「うん……ゴメン、そうするね」

あまりにも顔色が悪いので、横になるように勧めると、儚い笑顔を見せながらソフアーに横になった。

「レティがこんな状態になるなんて……一体なにが？」

「それより、ママはどこ？」

こんな状態のレティを放置するなんて、ママの行動としてはありえない。

そう思ってキョロキョロしていると、ママが厨房から出てきた。

その手には氷嚢《ひょうのう》を持っている。

「あら、おかえりなさい、シャル」

「ただいま。じゃなくて、レティ、なんでこんな状態になってんの？」

放置してたんじゃなくて看病するために氷嚢を取りに行っていたのか。

でも、ママの治癒魔法ならレティの状態も治せるんじゃないの？

なんでわざわざ氷嚢なんか……。

その疑問は、ママからの答えで明らかになった。

「マーガレットさん、動物の解体は初めてだったらしくて……それを見て吐《は》いちゃったのよ」

あー、そういうことか。

「初めてだったら、吐《は》くよね」

「ええ。精神的なことだから治癒魔法は効かないのよ」

ママはそう言うと、レティの額に氷嚢を乗せた。

「どう？　大丈夫？」

「は、はい……すみません、お手数をお掛けしてしまって……」

「いいんですよ。それより、ごめんなさいね。動物を解体するのが初めてだったなんて知らなくて」

「いえ……私はそういうのが苦手で逃げてただけなんで……いつかはやらないといけなかったんで……」

「そう。なら頑張って慣れましょうね。これは治癒魔法士には必要なことですから」

「……はい」

優しく頭を撫《な》でながら諭《さと》すママ。

さっきまで具合悪そうだったのに、レティの顔色は大分良くなってきたみたい。

良かったと思っていると、デビーに服を引っ張られた。

「ん？　なに？」

「いや、なにって……治癒魔法士の訓練で動物を解体するってどういうこと？」

怪訝《けげん》な顔をしていたデビーにそう言われてやっと気付いた。

「あー、そっか。デビーは治癒魔法って習ったことある？」

「ない」

「なら知らなくても仕方ないか。あのね、治癒魔法って身体を治すじゃん？　だから生物の身体の構造を知っておくと効率が段違いなんだよ」

「へえ、そうなの」

「うん。だから、治癒魔法士は動物を解体できるようになるのが必修項目なんだけど……まあ、大概最初は吐《は》くんだよ」

「当たり前ね。私も吐《は》く自信があるわ」

「で、レティはその初めてを体験したの」

「……そういうこと」

「でも、どうしようか？　レティがその体験をしたなら、あまり間を置かずに次もやった方がいいと思うんだけど」

「そうね。でも、レティも競技会に出るんだからそっちの練習もしないと」

せっかくママから治癒魔法を教えてもらえるのだ、そっちに集中した方がいいんだろうけど、私たちは競技会のために特訓をしようと考えている。

レティだけ除け者《もの》は可哀想《かわいそう》だ。

「あら、じゃあしばらくはそっちに専念すれば？　競技会まであまり日にちもないでしょう？」

どうしようかと悩んでいると、ママからそう提案された。レティは捨てられた子犬みたいな表情になっていた。

そんなレティを見て微笑んだママは、レティの頭を優しく撫でた。

「焦らなくても大丈夫ですよ。治癒魔法は、時間をかけてゆっくり習得していけばいいんです。今はクラスメイトとの絆を大事にする時期ですよ」

「……はい！」

ママの言葉に、感激した顔になるレティ。

この先も治癒魔法を教えてもらえると約束してくれたようなもんだからね。そりゃ嬉しいだろう。

それにしても、こういうときのママはマジ聖女って感じ。

怒っているときのママは、マジ聖女？　って感じだけど。

「じゃあ、明日は男子たちも参加するって言ってるし、レティもそっちの特訓だね」

「うん。分かった。頑張る」

「そんなこと言って、初戦で負けたりしないでよ？　シャル」

「しないよ！」

そう言ってキャイキャイ騒ぐ私たちを、ママは優しく見守ってくれているのだった。

高等魔法学院で新たに催される新行事。

選抜魔法競技会。

今まではできなかった魔法による対人戦が、パパとお兄ちゃんが開発した魔道具によって実現された。

その魔道具の開発により魔法による対人戦が可能になると、どうしても気になることがある。

それは『誰が一番強いのか？』ということである。

魔道具が開発された当時、学院のあちこちで対人戦を申し込んだり申し込まれたり、それに伴うトラブルも多く起こったそうで、それなら明確に順位付けをすればそういう諍《いさか》いもなくなるだろうということでこの競技会が発案された。

それが好評だったものだから、毎年の恒例行事にしようということになり、今年がその恒例行事になって一回目。

二・三年は去年も経験しており、この日のために研鑽《けんさん》を積んでいる。

私たち一年は、入学して間がないので不公平だということで学年ごとのトーナメントになっている。

まあ、最終的には各学年の優勝者三人による総当たり戦で総合優勝者を決めるんだけどね。

ちなみに、秋にも同様の競技会が行われ、そちらは全学年共通トーナメントになるそうだ。

そんな春の競技会がいよいよ開催される。

くじ引きによって対戦相手が決まると、私は対戦相手に向かって手を差し出した。

「お互い頑張ろうね！」

「あ、お、おう」

私の初戦の相手はBクラスの代表である男子生徒だった。

他の対戦も全て決まり、いよいよ競技会が開催された。

まずは一年から。

一回戦第一試合は、Aクラス男子とBクラス女子の試合。

クラス分けは成績順だからAクラス男子が有利かと思われたが、Bクラス女子は魔法の威力に劣るものの精度が抜群で、なんとAクラス男子に勝利した。

いきなり起こった下克上《げこくじょう》に、観戦している生徒たちは盛り上がった。

そんな盛り上がる会場だけど、次に現れた生徒を見てシンと静まり返った。

二試合目は、ヴィアちゃんとAクラス男子の試合だったからだ。

間近で王女様を見るのが初めてだったのか、Aクラス男子は気の毒なくらい緊張している。

その緊張を和らげるためにヴィアちゃんが話しかけるが、増々緊張するという悪循環。

そんな中、非情にも審判役の先生による開始の声がかけられた。

さて、ヴィアちゃんはどうするのか？　と思っていると、ヴィアちゃんはいきなり雷魔法を炸裂させた。

魔力の制御から発動までメッチャ早かった。

相手が緊張して固くなっていたとはいえ、Aクラス男子が防御魔法を使う暇もなかった。

防御魔法も展開せず、全くの無防備で被弾してしまったAクラス男子は、鳴り響くアラームを呆然《ぼうぜん》とした表情で聞いていた。

そう、一撃で終わってしまったのだ。

ヴィアちゃんは、相手にペコリと礼をしたあと、つまらなそうな顔で舞台をあとにした。

次の試合は、なんとSクラス同士、しかも、マックスとレインの試合だった。

Sクラス同士の対戦ということで、皆の注目が集まる中、この二人はまたしても近接戦を交えた試合を行った。

というか、レインがそう持ち込んだ。

今回のマックスは、レインの土俵である近接戦になっても善戦していたけど、やはりレインを捉え切ることはできず、レインの削り勝ちになった。

次の試合は、Sクラスからアリーシャちゃんとクラス男子の試合。


この試合は、ヴィアちゃんの試合と同じく一方的だった。

ただ、アリーシャちゃんの場合は、ヴィアちゃんみたいにデカい魔法一発で終わりではなく、授業と同じように小さい魔法の連発で防御魔法のダメージ判定を削り切った。

しかも、セルジュ君のときの失敗を繰り返さないよう、一発一発確認しながらという余裕まであった。

いやあ、強いね、アリーシャちゃん。

そして次の試合は私だ。

さっきのBクラス男子との試合。

この試合は、申し訳ないけど体力・気力の温存のために瞬殺させてもらった。

私は、アリーシャちゃんと同様に小さい爆発魔法を放って防御魔法を展開させ視界を奪う。

煙幕によってBクラス男子が私の姿を見失っている間に移動。

防御魔法が展開されていない横合いから大きめの魔法を放つと、アラームが鳴った。

視界が晴れるまでジッと留まってちゃ駄目だよ。

いい的だった。

次の試合は、Sクラスのレティとクラスの女子。

この試合は、Cクラス女子が先に魔法を放ち先手を取ろうとしたけど、レティが冷静に魔法を避けカウンターで魔法を放ちダメージを与える。

それの繰り返しで、Cクラス女子のアラームが鳴った。

多分、これが一番オーソドックスな戦闘なんだろうなあ。

二・三年生たちが「おお」って感心してる。

私らのときは声も上げなかったくせに。

レティの次はデビーの試合だった。

相手はAクラス女子。

Aクラスだけあって、デビーの対戦相手はやる気十分。

いきなり大きめの魔法を放ってきた。

対するデビーはというと、これまた大きめの魔法を発動しており、両者の間で魔法同士がぶつかった。

そのあまりの衝撃に、Aクラス女子は思わず腕で顔を防御してしまう。

反射だったんだろうなあ。

ところがデビーには想定内だったようで、魔法の衝突という衝撃が残っている試合場を冷静に移動。

腕で顔を防御しているAクラス女子の後ろから魔法を放ち、防御魔法を展開させることもなく勝利した。

そして一回戦最終試合はSクラス同士、ハリー君とデビット君の試合。

この試合が、一番好勝負だった。

ハリー君が魔法を放つ。デビット君がそれを防御しながら移動し、ハリー君の足元に魔法を放つ。

もしかして私の真似か？

地面がめくれ上がりハリー君の視界を奪う。

だがハリー君は私の対戦相手とは違い、すぐさま移動して、魔法を放ってすぐのデビット君にカウンターを放つ。

慌てて避けるデビット君だが、避けながらカウンターに対してカウンターを放った。

まさか避けながら魔法を放ってくるとは予想していなかったのか、ハリー君は防御魔法が間に合わず被弾してしまう。

そんな感じのカウンター合戦になり、最終的にはデビット君が競り勝った。

試合が終わると、会場中から拍手が巻き起こるほどの好勝負だった。

これで一回戦は全て終了。

続けて二回戦が行われた。

二回戦第一試合は、Bクラス女子とヴィアちゃん。

Bクラス女子は、先ほどAクラス男子を翻弄《ほんろう》して勝ち上がってきたが、今回は相手が悪かった。

今回もBクラス女子は序盤に小魔法を連発するが、ヴィアちゃんはそれを防御せず回避した。

そして放たれる雷魔法。

雷魔法は、発動から着弾までがとにかく早い。

魔法を連発していたBクラス女子は防御魔法を用意することすらできず被弾。ダメージを受けてしまったのだが、雷魔法にはもう一つ特色がある。

眩《まぶ》しいのだ。

雷魔法を被弾してしまったBクラス女子は閃光に目をやられ、視界を奪われた。

これが致命的だった。

慌てて防御魔法を展開するが、ヴィアちゃんは冷静に防御魔法が展開されていない後方に回り、特大の雷魔法を一発。

これで決着した。

二試合目は、レインとアリーシャちゃん。

ある意味注目の一戦だった。

レインがちょっとは手加減するかな？　と思ったけど、レインは初っ端から全力だった。

アリーシャちゃんが小魔法を用意している間に、身体強化魔法で彼女の背後を取る。

慌ててアリーシャちゃんが後方に防御魔法を展開するが、もうそこにはレインはいない。

唖然とするアリーシャちゃんの後方から魔法が着弾。

驚いたアリーシャちゃんが振り向くとそこにはもうレインはいない。

そして、また後方から被弾。

それを繰り返し、レインがアリーシャちゃんを圧倒してしまった。

終わったあと戻ってくるアリーシャちゃんは物凄く不機嫌そうで、レインは気になるのかチラチラ見ていた。

まあ、あれだけなんにもできないと拗《す》ねちゃうよね。

頑張って機嫌を取りなよ、レイン。

さて、次は私とレティの試合だ。

レティは、入学当初に比べると格段に魔法が上手くなったが、やはり治癒魔法士志望だからなのか攻撃魔法はそれほど得意ではない。

私が最初の魔法を放つまでに自分の魔法が用意できなかった。

それを見越していたのか、最初から防御魔法を使ってきた。

だが、私の狙いはレティ本体ではなく足元。

レティが展開した防御魔法は魔法障壁で物理障壁ではない。

風魔法で足元を破壊した私は、そのまま風魔法で石礫《いしつぶて》をレティに向けて飛ばすと、
風魔法はレティの防御魔法に阻まれたが、石礫は素通りし、レティにダメージを与えた。

防御したのにダメージ判定されたことに驚いたのか、レティの動きが止まった。

その隙を見逃すはずがなく、私が魔法を叩き込み決着した。

次はデビーとデビット君の試合。

先ほど好勝負を見せたからか、デビット君に対する応援の方が大きかったのだけど、
勝負はデビーの勝利で終わった。

デビーは、毎日私と一緒にひいお爺ちゃんの訓練を受けてたからね。

デビット君は、女子の家に入り浸るのは抵抗があったのか、マックスが練習に参加するときしか家に来なかった。

その差が出た感じかな。

デビーはデビット君の放つ魔法を防御するのではなく、それ以上の魔法で相殺し、余波をデビット君に浴びせていた。

そうなると流れはデビーに傾き、デビット君は防戦一方になって敗れた。

これでベスト四。

次勝てば決勝だ。

準決勝第一試合はヴィアちゃんとレイン。

この試合もレインが身体強化魔法で攪乱してくるが、ヴィアちゃんは冷静に対処。

身体強化魔法を発動したレインがヴィアちゃんの後ろを取った瞬間、待ち構えていたように雷魔法が発動。

レインは、まるで自分から罠にかかりに行ったように被弾した。

まあ、ワンパターンだからね。

でも、躊躇《ちゅうちょ》なく後ろに魔法を放ったヴィアちゃんの胆力《たんりょく》も凄い。

もしそこにいなかったらとか考えなかったのだろうか？

ともかく、突如《とつじょ》雷魔法を被弾したレインは、音と閃光《せんこう》によって動きが止まってしまい、ヴィアちゃんに狙い撃ちされてしまった。

決勝進出者の一人目はヴィアちゃん。

これは私も頑張らないとな、と準決勝の相手であるデビーを見つめる。

対戦するデビーは、初めて対戦したときのような憎悪の視線ではなく、好戦的な視線で私を見つめてきた。

ここ最近はヴィアちゃんよりも一緒にいた相手。

毎日魔法訓練をしていることで、格段に魔法の威力があがったデビーは、私に真っ向勝負を挑んできた。

防御魔法なしの魔法の撃ち合いである。

幾度となく二人の間で魔法が衝突し、威力に負けた方に魔法の余波が向かいダメージを与える。

そんな勝負を仕掛けてきたデビーを、私も真っ向から迎え撃った。

まあ、デビーもここ最近魔法の実力が上がったとはいえ、私とはひいお爺ちゃんたちから魔法指導を受けていた年季が違う。

力比べに悉《ことごと》く勝利し、最終的にダメージ判定を積み重ね勝利した。

負けたデビーは「まだまだね」と言って妙にサッパリした顔をしていた。

まあ、負けたとはいえお互い全力で魔法をぶつけ合ったからね。

私も爽快感があって、デビーと笑いながら試合の感想を言い合っていた。

そして決勝戦。

奇しくも首席と次席の戦いになった。

授業でもよく対戦しているヴィアちゃんとの決勝戦。

とにかく、発動から着弾までが異様に早い雷魔法をどう避けるか。そして、避けながらどう魔法を放つかが重要になってくる。

決勝戦が開始されてすぐ、ヴィアちゃんは雷魔法を連発してきた。

私は小規模で放たれた雷魔法を防御魔法で防御しつつ、ヴィアちゃんに向かってダッシュした。

防御魔法を展開しながらなので、身体強化はなしだ。

ヴィアちゃんは、まさか私が突っ込んでくるとは予想していなかったのか、目を見開いて驚いている。

すぐさま雷魔法で迎え撃たれるが、防御魔法が完全に突破されることはなかった。

多少漏れてダメージを負ってしまったけど、それは想定内。

魔道具の防御魔法が防いでくれることを信じて最小限の魔法に留めた。

そして、魔法を撃ち終わって無防備になったヴィアちゃんに魔法を叩きこむ。

防御できなかったヴィアちゃんはまともに魔法を喰らい、アラームが鳴った。

「んあー！　やられましたわ！　悔しい！」

ヴィアちゃんは、普段見せない表情で負けを悔しがった。

その姿に、会場にいる生徒たちがどよめいているのが分かる。

「そりゃあ、ヴィアちゃんより魔法の訓練してる時間は長いんだもん。負けてられないよ」

「……私も、もう少し魔法訓練の時間を増やそうかしら？」

「王女様のお勉強は？」

「……お父様に叱《しか》られますわね……」

ヴィアちゃんには、王女様という責務があるので魔法の訓練ばかりしていられない。

今は戦時中でもないし、オーグおじさんの時みたいに魔法の訓練に明け暮れるわけにはいかないし、必要がない。

そんなことを、あの合理主義のおじさんが許してくれるとは思えないよね。

「しょうがないですわね。一年優勝おめでとうですわ、シャル」

「ありがと」

こうして、春の競技会一年の部は私の優勝で終わった。

続いて二年・三年の試合が行われ、最後に各学年の優勝者による総当たり優勝戦が行われた。

その優勝戦で、なんと私が勝ってしまった。

二年と三年の優勝者は、試合が始まると同時に視線を交わし合い、真っ先に私を潰しにかかってきた。

まさか二人同時に攻めてこられるとは思ってなくてちょっと慌てたけど、咄嗟《とっさ》に身体強化魔法を使って二人の背後に移動。

二人は、対人戦で身体強化魔法を使うことに慣れていないのか、アッサリと私を見失った。

……対人戦に身体強化魔法を取り入れているのは一年生だけなのだろうか？

それとも、私やレインが特殊なんだろうか？

まあ、とにかく二人は急に目の前からいなくなった私を見失って狼狽した。

その二人に、まとめて爆発魔法をぶっ放したのだ。

完全に私を見失っていた二人はまともに被弾し、あっという間にアラームが鳴り響いたのだ。

あまりにも呆気《あっけ》なく終了してしまったので、二人だけでなく私まで呆然としてしまった。

ともかく、これが私が学院最強となった瞬間だった。

首席卒業と魔王女と呼ばれること、そしてゆくゆくは魔王の称号を受け継ぐことを目指す身としては、まず学院最強という称号を手に入れたことが嬉しくて仕方がなかった。

そして、翌日以降、学院中から対戦を申し込まれることになり、私は嬉々《きき》としてそれを受け入れていった。

春の競技会で総合優勝した私は、上級生たちから引っ切りなしに対人戦の申し込みをされるようになった。

対人戦が魔法の実力向上に一番向いていると思った私は、これを全て受諾。

連戦連勝を続けていた。

そして、それは授業中の対人戦でも同じだった。

「きゃああ‼」

「っしゃ！」

デビーに魔法を喰らわせるとアラームが鳴り、私の勝利が確定した。

負けたデビーは悔しそうな顔をしている。

「また負けた！　アンタとの差が全然埋まらない！」

そう、デビーはほぼ毎日私と行動を共にしている。

街に遊びに行くこともあるし、家でひいお爺ちゃんたちから魔法を教えてもらうこともある。

それに加えて、高等学院生になったことから私単独での魔物狩りもようやく許可が下りた。

デビーも、狩った魔物はハンター協会で買い取ってもらえることから、バイト代わりに一緒に魔物狩りをしている。

家計の足しにするんだそうだ。

いい子過ぎて涙が出てくる。

そんな毎日を過ごしていると、当然のようにデビーの実力も上がる。

しかし……。

「そりゃあ、私とデビーは一緒に行動してるじゃん。差が縮まらなくて当然だね」

「くそぅ、そうだった……」

デビーは地面を叩いて悔しがっている。

授業での対人戦に負けたからって、ここまで悔しがる子は中々いない。

本当に向上心と負けず嫌いの塊だ。

そんなデビーを見て、ヴィアちゃんが感心した顔になる。

「それにしても、デボラさん、本当に強くなりましたわね。私も、気を抜くと負けそうになりますわ」

「俺は何回か負けた……」

「くっ！　まだ五分ですわよ！」

そう、ヴィアちゃんとレインはまだデビーには負けていないけど、ちょいちょい危ない場面が出てきた。

マックスはすでに何回か負けており、アリーシャちゃんに至ってはもう五分五分だ。

それくらいデビーの成長が著しい。

「デビーは分かりやすいけど、私はどうなんだろ？」

それは純粋な疑問だった。

しかし、その疑問を聞いたヴィアちゃんは、ちょっと悲しそうな顔になった。

「シャルは間違いなく成長してますわよ。貴女《あなた》にそう思わせてしまうのは、私たちが不《ふ》甲斐《がい》ないせいですわね」

「え？　なんで？」

ヴィアちゃんは間違いなく強い。

正直、上級生の誰と戦うよりヴィアちゃんとの対人戦が一番怖い。

いつ負けてもおかしくないと思っている。

「シャルは負けたことがないから、自分より強い相手に近付いているという実感が、自分が強くなっているということが分からないのですわ」

「あー、そういうことか」

確かに、私は入学してから授業・競技会を含めて負けたことがない。

なので、自分より強い相手に挑み、そこに近付いているという気持ちは分からない。

「でも、ヴィアちゃんとの勝負はいつもギリギリだと思ってるよ？」

私がそう言うと、ヴィアちゃんは自嘲気味に笑った。

「そのギリギリの勝負に、私はいつも負けております。それは、私にシャルを負かせるだけの決定打がないということですわ」

「そ、そんなことないよ？」

「下手な慰めは結構ですわ。いつか追い付いてみせますから、首を洗って待っていらっしゃい」

「……なんか、私、悪役みたいじゃない？」

「悪役というか、全校生徒にとっての的ですわね」

「的⁉　せめて目標って言って⁉」

確かに、引っ切りなしに対人戦の申し込みは来てるけど！　的は非道いんじゃない⁉

私たちがそんなやり取りをしている間、ミーニョ先生が難しい顔をしていることに、私たちは気付かなかった。

◆

シャルロットたちの授業が終わったあと、彼女たちの担任で魔法実技の担当教諭であるミーニョはある目的地に向かって学院内を歩いていた。

ミーニョはその目的地に着くと、扉をノックした。

『はい？』

「お忙しいところすみません。一年Sクラス担任のミーニョです」

『ああ。入っていいぞ』

「失礼します」

ミーニョがそう言って扉を開けたのはこの学院の学院長室。

「どうした？　ウォルフォードがなにか問題を起こしたか？」

元々、シャルロットの父母であるシンとシシリーの担任をしていたアルフレッド＝マーカス学院長は、シンが学院生であったときに散々迷惑をかけられてきた。

その記憶があまりに鮮明なため、その娘であるシャルロットの信用度もかなり低い。

ちなみに、息子であるシルベスタは、養子でありシンの血を引いていないこと、中等学院時代は優等生であったという前情報があったため、最初こそ警戒したが、すぐにその警戒は解かれた。

とにかく、そんな問題児の娘がいるクラスの担任がわざわざ学院長室を訪ねてきたのだ。つい身構えてしまうのも無理からぬことである。

ミーニョは苦笑しつつ学院長の質問に答えた。

「ウォルフォードの件ではありますが、特に問題を起こしたわけではありません」

「問題は起こしていない。が、相談があると。一体なんだ？」

ミーニョが訪ねてきた意図が分からず、マーカス学院長は姿勢を正し聞く体勢になった。

「ウォルフォードが先日の競技会以降、上級生たちから頻繁に対人戦を申し込まれているのはご存じでしょうか？」

「そうなのか？　そこまでは把握《はあく》していなかったな」

「そうですか。今現在、ウォルフォードはほぼ毎日上級生から対人戦を申し込まれております。そして、その全てに勝利しております」

ミーニョの報告を受けたマーカスは、フッと笑って椅子の背もたれに体重をかけた。

「天才の娘は天才だったか」

「そう思いますが、それによって問題が起きそうです」

「起きそう？　なんだそれは。まだ起きていないのか？」

「はい。ウォルフォードは、学内で敵なしの状態です。それは確かに素晴らしいことですが……」

ミーニョはそこで言葉を切ったが、マーカスはそれに続く言葉とまだ起きていない問題というものにようやく思い至った。

「勝ち過ぎると増長するか……」

「すでにその兆候が見られます。どうも、他の生徒のことを意識的にか無意識にか下に見ている様子が見られました」

「むぅ……」

シャルロットの実力を見れば、確かにそれは間違っていない。

対人戦で学内負けなし。

誰であってもシャルロットより下であるのは事実だろう。

だが、それを意識してしまうとシャルロットは増長する。傲慢《ごうまん》になり、他の生徒を高圧的に支配するかもしれない。

教師として、生徒がそんなことにならないように誘導しなければならない。

しかし、現状学内に敵がいないのも事実。

「ウォルフォードを増長させないために、負かさなければいけないが、その相手がいない……教師に相手をさせるしかないか……」

マーカスが苦渋《くじゅう》の決断をしようとしたが、ミーニョがそれに待ったをかけた。

「今はまだ大丈夫でしょうが、近い将来追い抜かれる可能性が高いです。そうなると、もうこの方法も使えません」

「……Sクラス担任で魔法実技担当教諭のお前でもか」

「はい。それほど、ウォルフォードの力はこの学院では抜きん出ています」

担当教諭の評価に、マーカスは頭を抱える。

「マジで増長一歩手前じゃねえか……」

「魔王様のときはどうだったんですか？」

魔王の元担任。あれほどの魔法の使い手を担任していたマーカスならなにかいい案が出るのではないかと期待してミーニョはマーカスのもとを訪ねたのだ。

だが、マーカスはフッと息を吐くと、遠い目をした。

「アイツは……入学した当初から人類の枠を大きくはみ出していたよ。そもそも学院で習うことなど最初からなかったんだ」

「そ、そうなんですか？」

「アイツが学院に通ってた理由、知ってるか？」

「いえ、そこまでは……」

「友達作りと常識を学ぶため、だよ」

「……」

魔法、一切関係ない。

「やること成すこと全部が常識外でな……周りからは常に自重しろと怒られていたよ」

マーカスはそう言うと、ハハと乾いた笑い声をあげた。

「話を聞く限り、シャルロット＝ウォルフォードはそうじゃないんだろ？」

「そうですね。皆より頭一つか二つ抜きん出ている状態です」

「そういう状態が一番危ないんだ。ちょっと余裕を持って勝っている。その状態が続くと、やがて増長し、傲慢になる。シンほど飛び抜けていれば、そんなことにはならないんだろうが……」

「……どうしましょうって言われてもな……」

シャルロットを増長させないためには、自分より上位の人間がいることを思い知らせなければいけない。

しかし、教師の中で最強に近いミーニョですら近い将来追い抜かれるかもしれないとなると、もう思い当たる人間がいない。

散々悩んだ挙げ句、マーカスは異空間収納から無線通信機を取り出した。

「できれば、この手段は取りたくなかったんだがな……」

マーカスはそう呟くと、どこかへ通信をかけた。

コールして少し経った後、相手が出た。

「忙しいところすまない。マーカスだ。ああ、久しぶりだな。実は、ちょっと相談があってな……」

こうして、マーカスは通信相手に相談し、解決策を提示してもらった。

その解決策とは、学院の教師よりもっと強い魔法使いを派遣するというものだった。

話を聞いていたミーニョは（それができれば苦労しない）と内心で思っていたが、通話を切る直前にマーカスが言った言葉に目を見開いた。

「ああ。すまん、恩に着る。それじゃあ、学院に来るように言っておいてくれ。ありがとう。助かったよ、シン」

マーカスは通話を切ると、目を見開き、ポカンと口を開けているミーニョに向き直った。

「シンが、学院に魔法使いを派遣してくれるそうだ。これでウォルフォード……ややこしいな、シャルロットが増長することはなくなるだろう」

「が、学院長……」

「ん？」

話をプルプルしながら聞いていたミーニョは、感動した面持ちでマーカスのことを呼んだ。

部下の悩みを、できれば取りたくない手段だったとはいえ解決してみせた自分に感動しているのだろう、とマーカスは思っていた。

だが。

「シ、シン様の個人的番号を知っているのですか⁉」

「感動するところそこか⁉」

全く予想外のことで感動していたことを知り、マーカスはガックリと項垂れるのであった。

そして、連絡をしてから数日後、その魔法使いは一年Sクラスに現れた。

◆

「今日から、この学院の魔法実技の臨時講師になったリン＝ヒューズという。よろしく」

アルティメット・マジシャンズの初期メンバー。

英雄の一人。

リン＝ヒューズが教壇に立っていた。

「リ、リンねーちゃん⁉」

ある日、学院に行くと、臨時で魔法実技を教えてくれる先生がいるという。

そして、紹介された人物を見て、私は思わず叫んでいた。

なぜならそこには、アルティメット・マジシャンズの初期メンバーで、パパの友人でもあるリンねーちゃんが立っていたからだ。

ちなみに、リンねーちゃん以外のアルティメット・マジシャンズの女性陣は結婚して子供がいる。

そういう人たちのことは「〇〇おばちゃん」と呼んでいるのだが、未婚で子供がいないリンねーちゃんのことは、昔からねーちゃんと呼んでいる。

なんか、おばちゃんと言いにくいよね。

「シャル。今の私は先生。ちゃんと先生って言う」

「あ、ごめん。リンせんせー」

「ん。よろしい」

私が「リン先生」って言うと、リンねーちゃんはご満悦《まんえつ》な顔で頷いた。

「って、なんでリンねー「んんっ！」……リンせんせーが臨時講師なんてするの？　正直、レベルが違い過ぎない？」

リンねーちゃんは、アルティメット・マジシャンズ。

今は後進が育ったため、魔法学術院で魔法漬けの毎日を送っているはず。

そんなリンねーちゃんがなぜ？

そう思って聞いたら、リンねーちゃんはいつもの無表情で言った。

「今の高等魔法学院では、ウォルフォード君の作った魔道具のお陰で対人戦が行われていると聞いた。でも、教師で対人戦を経験している人は少ない。なので、私が教えに来た」

「ええ？　でも、リンね……リンせんせーも対人戦の経験なんてないんじゃないの？　最近だよ、あの魔道具ができたの」

私がそう言うと、リンねーちゃんは「フッ」と鼻で笑った。

「私は魔人たちと戦った。それこそ命懸けで。これは対人戦の経験にならない？」

リンねーちゃんの言葉に、私たちは息を呑《の》んだ。

魔人王戦役《まじんおうせんえき》。

その言葉が私たちの脳裏を駆け巡った。

私たちが生まれる前に起こった、魔人たちによる世界への宣戦布告《せんせんふこく》。

それを討伐し収めたのがパパたち、アルティメット・マジシャンズだ。

そして、リンねーちゃんは魔人王戦役において多くの魔人たちを討伐した英雄。

そして、魔人とは人が魔物化したもの。

つまり……リンねーちゃんは魔物化していたとはいえ人を殺したことがあるのだ。

私たちのように、パパの作った魔道具に守られ、安全が担保された状況という遊びみたいな戦闘じゃない。

本物の、命を懸けた戦い。

それを経験している先生。

私たちは、一斉に身震いした。

「まあ、そういうことだ。それこそウォルフォードが言ったように、対人戦用魔道具が発明されて日が浅いからな。私たちもどう指導していいか試行錯誤《しこうさくご》しているところだったんだ。そこで、学院長が戦闘経験豊富な人材をということでリン様に来て頂いたというわけだ」

そういうことか。

なるほど、確かに対人戦を教えるうえで、本物の対人戦を経験しているアルティメット・マジシャンズの人間は最適の人選だ。

でも、そうか。先生たちもそういうの試行錯誤するんだね。

そう先生の説明に納得していると、リンねーちゃんが先生の方を向いた。

「ミーニョ先生」

「は、はい！」

わ、ミーニョ先生、顔真っ赤だ。

そういえば、パパのことも凄い尊敬しているみたいだし、アルティメット・マジシャンズのメンバーは皆尊敬しているのかも。

そんな真っ赤な先生に、リンねーちゃんは淡々と言った。

「今の私は高等魔法学院の教師であなたの同僚。様付けはなしで」

「あ、わ、分かりました。えーっと……」

「リン先生でいい」

「は、はい！　リン先生！」

「ん」

え、自分はファミリーネーム呼びなのに、相手にはファーストネーム呼ばせるの？

どういう距離感？

リンねーちゃんの独特な距離感に首を傾げていると「ギリッ」という、なにかが擦れる音が聞こえた。

なに？　と思って音の発生源を見ると……デビーが、まるで親の仇《かたき》を見るような目でリンねーちゃんを睨《にら》み、歯ぎしりしていた。

あー、ヤバイね、デビー。こりゃ凄いライバルだ。

当の睨まれているリンねーちゃんは、デビーの睨みなどどこ吹く風だ。

「ちなみに、私がするのは対人戦の指導だけで魔法自体は他の先生から習って」

デビーを無視して淡々とそう説明する。すると、教室中から不満の声が上がった。

「リン先生が教えてくれるんじゃないんですか？」

デビット君が、そう訊ねるが、リンねーちゃんは首を傾げる。

「ここは高等魔法学院。あなたたちに魔法を教えるためのカリキュラムはすでに完成している。私がするのは、その使い方を教えるだけ。それ以上は越権行為《えっけんこうい》」

「それは……」

「話は以上。他に質問は？」

デビット君をバッサリ切ったリンねーちゃんは、教室中を見回した。

そして、特に質問がないことを確認すると、小さく頷いた。

「それじゃあ、早速今から指導に入る。皆、魔法練習場に移動」

そう言うと、一人でスタスタと教室を出て行ってしまった。

「あ！　お待ちください、リン先生！」

ミーニョ先生も慌ててあとを追う。

そして、その背中を睨み付けるデビー。

「カオス」

「あらあら」

私とヴィアちゃんがそう言うと、デビーに睨まれた。

「さて、私たちも行こっか」

先生たちを待たせるわけにはいかないからね。


魔法練習場に着くと、早速対人戦の組み合わせが発表された。

一番初めの授業でやった入試成績順だ。

「まず、一番近い実力の人と戦ってもらって、アドバイスしていく。まずは、シャルとヴィア」

「「はい！」」

そして、ヴィアちゃんと対人戦が開始された。

結果として私が勝ったが、それを見てリンねーちゃんがちょっと考える仕草をしたあと、まずヴィアちゃんに向き直った。

「えー、まずはヴィア」

「はい！」

「シャルが身体強化魔法を使ってくるのは予想していた？」

「あ、はい。最近はよく使ってくるので……」

「なら、なぜヴィアも身体強化魔法を使って距離を取らない？」

「それは、その……身体強化魔法が苦手で……」

「それは言い訳にならない。苦手？　なら克服すればいい。手の内が分かっているのにそれを攻略する手を取らないのは怠慢《たいまん》とも取れる」

「……そう、ですね。はい。確かに、苦手だからと鍛錬するのを怠《おこた》っていました」

「分かればいい。ヴィアの当面の目標は身体強化魔法」

「はい！」

そして、次は私の番なのだが……。

なぜかリンねーちゃんの顔は、ちょっと怒っていた。

「シャル」

「は、はい！」

返事をした私に、リンねーちゃんは深い溜め息を吐《っ》いた。

「あの戦法は愚策もいいところ。これ以降使うな」

「……は？」

なんで？

私、勝ったじゃん。

っていうか、今まで一度も負けたことない戦法なんだよ？

それを、なに偉そうに言ってくれてんの？

かなり腹が立ったのでリンねーちゃんを睨み付けていると、まるで馬鹿にしたように
フッと鼻で笑われた。

「納得できないなら理解させてあげる。ヴィア、魔道具貸して」

「あ、はい」

「シャルも、リセット」

「……」

不機嫌になっていた私は、無言で魔道具をリセットした。

そして、開始線でリンねーちゃんと向かい合う。

「ミーニョ先生、合図」

「は、はい！　それでは……始め！」

「‼」

ミーニョ先生の開始の合図と共に、私は身体強化魔法を全開にしてリンねーちゃんに迫った。

昔に魔人と戦ったことがあるかもしれないけど、魔道具を使った対人戦は初めてでしょ⁉

目にもの見せてやる‼

そう決意して、リンねーちゃんに突っ込む。

視線の先では、リンねーちゃんが魔法を起動させようとしているのが分かる。

身体強化魔法全開で走っているから相手に近付くのがヴィアちゃんと戦ったときより早い。なので、リンねーちゃんが放った魔法は他の皆より魔力制御の溜めの時間が短い。

これなら、魔道具の防御魔法で受けきれる！

そう思って突っ込み、リンねーちゃんの放った魔法が魔道具の防御魔法で防御され
……。

『ピピピピー！』

「……え？」

一撃。

皆よりも溜めの時間が短い魔法一撃で、防御魔法が削り切られアラームが鳴った。

「うそ……」

呆然と呟く私に、リンねーちゃんはまた溜め息を吐《つ》いた。

「魔道具の防御魔法ありきの戦法。そんなの、実戦で使ったら即死する」

「……でも、これは演習で……」

「実践と同じにやれない訓練になんの意味がある？　そもそも、この戦法が通じるのは学院生相手だけ。こんな戦法、やるだけ無駄。いや、変な癖《くせ》が付くから害悪にしかならない。今すぐ止めなさい」

「……」

「身体強化魔法を使うこと自体は有効な戦法。だけど、魔道具の力ありきで戦っていればすぐに詰む。もうちょっと考えなさい」

「……はい」

リンねーちゃんの言う通りだ。

私は、パパの作った魔道具だから、防御魔法が優秀だから、多少ダメージを受けても耐えられると思って、防御を捨てて身体強化魔法で肉薄し、相手を焦らせて魔法を放つという戦法をよく取っていた。

それは確かに有効で、今まで防御魔法が削り切られたことはなかった。

でも……リンねーちゃんは、一撃で、それも皆よりも短い時間の魔力の溜めで削り切った。

それだけ、リンねーちゃんの魔力制御が早くて正確なんだ。

そんな人相手に、真っすぐ突っ込んでいくだけの私なんて、それこそただの的だ。

なんで……なんでこんな思い違いをしてしまったんだろう。

魔道具をマックスに渡したあと、私はフラフラと魔法練習場の壁に凭《もた》れ掛《か》かり、ズルズルと座り込み、膝《ひざ》の間に顔を埋めて塞ぎ込んでしまった。

壁際まで来る途中、ヴィアちゃんやデビーの心配そうな顔が見えたけど、顔が上げられない。

初めて負けたことが悔しいし、その原因が私の思い違いによるものであったことが恥ずかしくてしょうがない。

私は……多分思い上がっていたんだ。

連戦連勝。上級生にも負けない。学院最強。

ミーニョ先生が言っていたじゃないか。学院生なんて魔法使いの卵でしかない。

そんな中で王様気取っていい気になっていたんだ。

ヤバ……情けなくて涙が出てきた。

皆が対人戦をしている魔法が炸裂する音を聞きながら、私は授業中ずっと塞ぎ込んでいた。

すると……。

ゴチンッ!!

「あいたあっ!!」

頭を思いっきり叩かれた。

な、なに⁉

痛む頭を押さえて顔を上げると、腕を組んで仁王立《におうだ》ちしたリンねーちゃんがメッチャ睨んでいた。

「今は授業中。他の人の戦闘を見るのも勉強。シャルは、それすらも放棄《ほうき》するの?」

「あ……」

「これ以上成長するつもりがないなら、それでいい」

「そんなつもりない!!」

リンねーちゃんの言葉に、私は叫びながら立ち上がった。

すると、それを見たリンねーちゃんはニヤッと笑った。

「そう。なら、こんなところで時間を無駄にしている暇はない。授業に戻る」

そう言われた私は、零《こぼ》れていた涙を拭いてリンねーちゃんを睨み付けた。

「……分かった。その内、リンねーちゃ「リン先生」……リンせんせーにも勝つ」

「ふ。そんな日がくればいいね？」

くそう、格好《かっこう》よく宣戦布告したかったのに、リンねーちゃんは憎らしいくらい余裕《よゆう》綽々《しゃくしゃく》だ。

今に見てろよ……。

背を向けて皆のもとへ戻っていくリンねーちゃんを睨んでいると、デビーが側に寄ってきた。

「シャル」

「なに？　デビー」

「私も、リン先生に勝つ」

あー、うん。そうね。デビーはそうだろうね。

「だね。お互い頑張ろう」

「ええ！」

こうして、凹まされた私と、想い人を取られそうなデビーは、打倒リンねーちゃんを掲げるのだった。

「……遠い道のりですわねえ」

「うるさい」

ヴィアちゃんは、そんな私たちを見て呆れた顔をしていた。

◇第四章◇　新たな厄介ごと

リンがシャルロットたちの指導のため、学院で授業をした放課後、それを手配したシンはリンから報告を受けていた。

「そうか。悪いな、リン、嫌な役目を押し付けて。ああ、これからもよろしく頼むよ」

そう言って無線通信を切ると、アルティメット・マジシャンズの事務所にある自分の席で、シンは椅子《いす》の背もたれに体重をかけた。

「ふう……」

元担任であるマーカスから連絡を受けて、シャルロットの教育についてどうしようかと悩んだシンだったが、リンが上手く鼻っ柱を折ってくれたおかげで、なんとかシャルロットは増長せずに済みそうだ。

そう思って安堵《あんど》の溜め息を吐《つ》くと、アルティメット・マジシャンズ事務長であるカタリナが話しかけてきた。

「溜め息なんか吐《つ》いて、どうしました？」

「ああ、いや。子供を教育するのは難しいなあって思ってね」

「ふふ。なんでもこなせる魔王様も、お子さんには苦労させられるのですね」

「苦労しっぱなしだよ。特にシャルには」

「あら、そんなことシャルちゃんが聞いたら拗《す》ねちゃいますよ？」

「はは。それもそうだな……」

そんな他愛もない話をしていると、シンの無線通信機に着信が入った。

「はい、シンです。ああ、お疲れ様です。また新しい報告ですか？　……え？　はあ⁉」

シンが突然大声を出して立ち上がったので、事務所内にいる全員の視線が集まる。

「ええ。ええ、はい」

シンは、通信相手からの報告を受けながら必死にメモを取る。

しばらくそうして通信をしていたシンは、通信が終わるとメモを見て眉を顰めた。

「すまない、カタリナさん。ちょっとオーグに報告しないといけない案件ができた」

「あ、は、はい。もしかして、超重要機密……ですか？」

「ああ。なので、別室でオーグに報告してくる。すまないがしばらく立ち入らないようにしてくれ」

「は、はい！　かしこまりました！」

シンはカタリナに告げると、人気のない個室に入り防音の魔道具を起動させた。

「ふう、これは……久々の厄介《やっかい》ごとだなあ」

これから起こる面倒ごとを考え、シンは溜め息を吐《つ》きながら王城へと通信し始めた。

◆

西方世界一の大国、アールスハイド王国。

数年前に、前国王ディセウムからアウグストに王位が譲られてから増々繁栄を続ける、紛れもなく西方世界の中心国家である。

そのアールスハイド王国王城にて、各局長が集まっての定例会議が行われていた。

専制君主国家とはいえ、王一人で政務が行えるはずもなく、各項目において担当局が存在し、それぞれが担当した政務、問題点などを報告しあい、連携するのが目的の重要な会議である。

その会議には国王アウグストも参加しているが、そのアウグストのもとに緊急の知らせがもたらされた。

「どうした？　定例会議中に連絡とは、よほどの緊急事態か？」

「は！　そ、それが……」

連絡に来た役人は、緊張した面持ちでアウグストに伝えた。

「シン様より、緊急の通信でございます」

「なんだと⁉」

役人の言葉を聞いたアウグストは、驚愕《きょうがく》の表情を浮かべて勢いよく立ち上がった。

伝令の内容が、『個人から連絡が入った』。それだけでここまで驚愕する。

知らない者が見れば、なぜ？　と思うだろうが、ここにいるのはシンが及ぼす影響を知る者ばかり。

各局長たちもまた、アウグストと同様に驚きの表情を浮かべていた。

「内容は⁉」

「それが、陛下に直接話すということで、まだ聞いておりません」

「他の者には聞かせられないということか……これは厄介ごとの予感がするな。皆の者、聞いての通り緊急事態が起きた。会議はしばらく休憩とする。再開は追って連絡する」

アウグストがそう言うと各局長たちは揃って立ち上がり頭を下げた。

それを見届けたアウグストは、役人の先導で王城の通信室に向かう。

アウグストが現れたことを確認した通信室の人間は、素早く通信機を手渡し後ろに下がった。

それを確認してから、アウグストは通信機に話しかけた。

「待たせたな、シン」

『ああ、すまんな、忙しいときに』

「いや、構わない。お前がそれを承知で通信をしてきたということは、相当に厄介な案件なのだろう？」

『そうなんだよ。オーグさ、俺が海洋調査隊に出資してるのを知ってるか？』

「ああ、南の海の海洋調査などを行うやつだろう？　今までも、いくつか新しい島や植物の発見などの報告を受けている」

『そう、それ。その調査隊がさ、スゲエもん見付けてきたのよ』

「……なんだ？」

シンが凄いという発見に、アウグストは若干《じゃっかん》冷や汗を流しながらも続きを促した。

そして、もたらされた情報の大きさに、アウグストは眩暈《めまい》がしそうになった。

『新大陸を発見した。そして、そこには独自の文化を築いている人間の国家があった』

「!!」

あまりの衝撃の大きさに、アウグストは思わず叫びそうになったのをなんとか抑えた。

新大陸、新国家、そんなものを見付けてきたという。

そして、独自の文化形態……。

「待て。ということは、調査隊はもう現地の人間と接触したのか!?」

『ああ。なんでも言葉が通じたらしくてな。自分たちが外洋から来たと言うと、驚かれはしたけど、納得されたそうだ』

「納得した⁉」

シンからもたらされる情報に、アウグストは一つの可能性に思い至った。

同じ大陸にあったクワンロンでさえ言語形態は違った。

それなのに、海を隔てた別大陸で同じ言葉が使われていた。

そして、外洋から人が来ることを不思議に思っていない。

「……まさか」

『さすが。多分、俺も同じこと考えた』

「……前文明崩壊時の脱出者……」

『それが一番可能性が高いと思う』

「自分たちが過去外洋からその大陸に辿り着いたというなら、外洋に大陸や国家があることを知っていても不思議ではないからな。そして、その事実が伝聞されている国家が独自の文明を築いているのか……興味深いが慎重に動かざるを得ないな……」

『あ、そのことなんだけどさ』

「なんだ？」

『向こうが、こっちの大陸と文化交流したいって言ってるらしいんだよ。それで、お前に報告したってわけだ』

「なるほどな……確かに重要案件だ。ちなみに、どの程度の交流を希望しているか聞いているか？」

『まずは交易だな。あと技術交流。なんか、独自に発展した魔法文明があるらしくて、調査隊ではよく分からなかったって言ってる』

「なるほど」

『詳しい話は、調査隊が向こうの使節団を連れて帰ってくるそうだから、そこでしてくれ。前情報としてこういう話があるってことだけ報告しとく』

「分かった。大変重要な報告だった。感謝する」

『おう』

「それで、その新大陸の国はなんという名なのだ？」

『ああ、それは……えーっと』

手元のメモを見ているのだろう、少し時間を置いて告げてきた。

『ああ、あった。新大陸の国の名は『ヨーデン』。あのダームのヒイロさんがやろうとして失敗した、完全民主国家なんだってさ』

最後の最後に、また特大の爆弾を放り込んできたシンに、アウグストは頭を抱えるのであった。

そして、この情報は王城から正式にアールスハイド王国を初めとする西方世界全体に伝わり、世間には浮ついた空気が流れた。

交流は新大陸を発見したアールスハイドを中心として行われるということで、また世界中の視線がアールスハイドに集まることになるのであった。

そして、当然その噂はシャルロットたちの耳にも入ることになる。

◆

「おはよう、シャル。ねえ、今日の新聞見た？」

「おはよう、デビー。新聞？」

「ほら、これよ」

朝、挨拶《あいさつ》をしたと思ったらすぐに新聞を見せてくるデビー。

私はあんまり新聞とか見ないので、なんの記事なんだろうと思って覗き込む。

するとそこには『南の海洋で新大陸発見！　独自文明の国家も！』という見出しが躍っていた。

「ああ、これか」

「これ、シン様が出資してる調査隊が発見したんでしょ？　なにか詳しい話とか聞いてないの？」

興味津々な顔をしてデビーが聞いてくるけど、その期待には応えられないな。

「残念だけど、あんまり詳しい話は知らないなあ。新大陸からの使節団が来週には到着するらしいから、その準備にパパも駆り出されて大忙しだって言ってたから」

私がそう言うと、デビーは驚いた顔をしたあと、ニヤッと笑った。

「やっぱり、シャルのとこには情報が集まるわね。だって、この新聞には使節団がいつ到着するなんて書いてないもの」

「え？　そうなの？」

ヤバ。まずいこと言っちゃったかも。

「心配しなくても、明日には新聞で発表されるから大丈夫ですわよ、シャル」

私の顔色を見て、安心させようと思ったのか、ヴィアちゃんが私の言ったことは明日には発表される情報だと教えてくれた。

「あ、そうなの？　良かった。言っちゃいけないこと言ったかと思った」

「えー、そうなんですか？　なんだ、スクープかと思ったのに」

ホッとする私と対照的に残念そうにするデビーに、ヴィアちゃんが窘《たしな》めるように言った。

「デボラさん、あんまりシャルから聞いた話を他所でしてはいけませんよ？　この子、それと知らずに機密情報を話してしまうことがあるのですから」

「あ、はい。大丈夫です。私、友達いないので、ただの自己満足ですから」

あはは、と苦笑いするデビーに、私たちはなんとも言えない表情になった。

「「……」」

「そういえば、この前の元同級生たち、どうなったの？」

あれも、友達ではないが知り合いではあるだろう。

あのあとの顛末は聞いてないので、ちょっと気になっていたのだ。

「あ、男の方は、マックス君に因縁付けちゃったから、なんか報復されるんじゃないかってビクビクしてるらしいわ。女の方は、暴行未遂で補導されて、そのあと釈放されたらしいんだけど……」

そこで一旦言葉を切ったデビーは、ちょっと憐れむような表情になった。

「知らなかったとはいえ、殿下に手をあげようとしたからね。どこからかその噂が流れて、彼女だけでなく家族まで周りから非難されてるそうよ」

「うわぁ……」

噂？　噂ってどこから流れたの？

まさか……と思ってヴィアちゃんを見ると、ヴィアちゃんは素知らぬ顔で首をコテンと倒した。

「知りませんわよ？　大体、あの場は衆人環視だったではないですか。誰か、彼女を知っている方が見ていたのではなくて？」

「ああ、そういえば、結構野次馬《やじうま》が集まってたなあ」

「そうですわ。それよりシャル？　もしかして、私を疑いましたの？」

「え？　いや、ヴィアちゃんならやりそうだなって……」

「……シャル」

「はい」

「そんなこと言うお口は、こうですの！」

「いひゃい！　いひゃいよひあひゃん!!」

「えい、えい」

プクッと膨《ふく》れたヴィアちゃんに、両方の頰《ほお》を抓《つね》られ、グニグニと伸ばされる。

地味に痛い。

それを見ていたデビーはひとしきり笑ったあと、今の状況について話してくれた。

「あはは。あー、まあ、そういうわけで、私には強力な後ろ盾ができたって地元で噂になって、今まで私のこと馬鹿にしてた連中が手のひらを返してきたのよ。さっきの話もそいつらに聞いた話よ。でも、今まで散々私のこと馬鹿にしてきた奴らのこと、今更友達なんて思えないわね。友達は、このクラスの人間だけでいい」

「そっか……うん。デビーがいいならいいや」

「そうそう。それで、その友達付き合いについてなんだけど。今日は放課後どうするの？」

「まあ。朝から放課後の相談ですの？」

ヴィアちゃんの言葉で、私たちの間に笑いが零れた。

「放課後の遊びもいいけど、まずは授業。早く座る」

『はーい』

いつの間にか教室に来ていたリンねー……リンせんせーに急かされて席に着き、今日も学院での授業が始まる。

世間は新大陸の発見に沸き立っているけど、学生である私たちには関係ない。

毎日勉強して、魔法の訓練して、放課後に友達と遊びに行く。

それでいいし、そうなるものと思っていた。

◆

それから数週間後。

無事ヨーデンの使節団はアールスハイドにあるメッシーナ港に到着した。

ここは、アルティメット・マジシャンズのメンバーでもあるマリア＝ゼニス、旧姓メッシーナの実家の領地である。

港町であるメッシーナの街には世界中から色んな船が来るので外国人は見慣れている……はずだったのだが、到着したヨーデン使節団を見た港の人々はその独特な容姿に目を奪われた。

姿を現した使節団は男女混合だったのだが、その全てが黒い髪と浅黒い肌をしていたからだ。

今まで見たことがない容姿の使節団はとにかく目立った。

港に着くや、魔道具で溢れている街並みに感激し、あっちにフラフラこっちにフラフラと動き回ったからだ。

見慣れない容姿で街を彷徨う集団が目立たないわけがない。

元々、新大陸発見の情報と使節団がやってくることは周知されていたので、あれが例の使節団かと、余計に注目を集めた。

そんな魔道具に興味津々《きょうみしんしん》の使節団だが、実は船旅の最中から興奮状態だったらしい。

シンが出資して南洋調査に出ていた調査団が乗っている船は、車にも使われている魔道モーターを搭載《とうさい》した最新型。

帆もいらず、しかも鉄製なので多少の波にはビクともしない。

船といえば木製の帆船《はんせん》しかないヨーデンの人間にとって、そこからもう未知の世界であった。

こんな船を所有する国はどんな国なんだろう？　と期待に胸を膨らませて港に辿り着けば、そこかしこに見たこともない魔道具がある。

興奮するなと言う方が無理だろう。

しかも、ここはメッシーナの街。

この街の領主の娘であるマリアは、シンの妻であるシシリーの幼馴染みにして大親友。

そんな妻の親友の実家であるこの街は、シンからある程度優遇されている。

他の領地に比べて、最新型の魔道具が入ってくるのが早いのだ。

これも所謂《いわゆる》人脈によるものである。

そんな他の街と比べても優遇されている街であるから、使節団の期待は見事に満たされた。

用意されたホテルに案内された使節団は、そこでも目を見張った。

明るく隅々《すみずみ》まで照らしている照明。

外は暑い時期にもかかわらず快適な温度に調整されている屋内。

自動で昇降する昇降機。

部屋に入れば、蛇口を捻ればいつでも水やお湯が出てくる。

当然室内も明るく、快適な温度に保たれている。

ヨーデンにも魔道具はあるが、ここまで発展した魔道具は見たことがない。

一旦一つの部屋に集合した使節団は、今後のことについて話し合った。

「この国は凄いな。この部屋もそうだが、街中ですら無造作《むぞうさ》に魔石が使われている魔道具があった。一体どれほどの魔石が使われているんだ?」

使節団のリーダーである男がそう言うと、同じく使節団員の女が首を傾《かし》げながら口を開いた。

「よほど大きな魔石の鉱脈があるんでしょうか? ヨーデンではそんなもの夢物語でしかないと言われていましたが……」

「しかし、これだけ潤沢《じゅんたく》に魔石があるとなると、その夢物語の存在があるのかもな」

「それもそうですが、魔道具の技術そのもののレベルが違いすぎます。なんですかこの部屋? 外は暑かったのに中はこんなに涼しい。どうやっているのか理解すらできません」

ヨーデンでは魔道具の製作を生業としている別の使節団員の男が、悔しさを滲ませながらそう言う。

「お前でも分からないか?」

「さっぱりですね。常時点灯している照明なら魔石があれば作ることは出来ますが……部屋の気温を操作するなど、理屈すら分かりません」

「それほどか……」

「それほどです。それに、この宿まで乗ってきた乗り物を見ましたか？　あれ、お伽噺《とぎばなし》に出てくる自走車ですよ？　つまり、この国には空想上のお伽噺だと思われていた文明が残っているんですよ！」

魔道具士の男の言葉に、リーダーを初めとする使節団員は黙り込んだ。

彼らの国ヨーデンは、前文明時代、破滅的な戦争から命からがら逃げだした人間の末裔だと言われている。

あまりにも昔のことであるし正確な記録も残っていないため、前文明のことは口伝《くでん》によるお伽噺だと皆が思っていた。

しかし、この国に来て、自分たちの国より発展している街を見て確信した。

『この国には、前文明の技術が継承されている』と。

実際は違うのだが、その情報を知らない使節団員はそう結論付けた。

「となると……この国と敵対するのは現実的ではないな。我が国より圧倒的に魔道具の技術に優れているこの国に攻め込んだとて返り討ちに遭うのが目に見えている」

「逆に攻め込んでくる可能性は？」

「……どうだろうな。どうも我が国は偶然発見されたようだし、今のところ攻め込んでくる可能性は小さいだろう。もっとも、こちらが敵対しなければの話だがな」

リーダーがそう言うと、軍務担当の使節団員の女が手をあげた。

「そもそもの話なのですが、我が国からこの国へどうやって兵を送ればいいのでしょうか？　我が国には、ここへ連れて来てもらう際に乗ったような鉄の船はありません。木造の帆船ですよ？　辿り着ける気すらしませんが……」

軍務担当の女がそう言うと、リーダーは乾いた笑いを零《こぼ》した。

「まったくその通りだな。では、結論として敵対ではなく友好を目的として交流するということでいいか？」

その言葉に、使節団員は全員が頷《うなず》いた。

「うむ。さて、そうと決まれば友好関係を築いていきたいのだが、これだけ発展している国だ、我が国が得られる恩恵は計り知れないが、我が国からこの国へ与えられるメリットはなんだ？」

リーダーのその言葉に、使節団員は頭を悩ませあれやこれやと議論を交わし始めるが、結局結論は出ず、まずはこの国のことをもっと知ってからにしようということになった。

到着した翌日は長旅の疲れを取るために完全休養日とし、使節団員はその間に街へと繰り出しあれこれと見て回った。

幸い言葉は通じるのでさほど不便はなく、また一目見て使節団だと分かるので街の人間も色々と教えてくれた。

その結果、魔道具の恩恵なのか政策のお陰なのか、街の人間は庶民だがかなり高い生活水準を維持できていることが分かった。

この国は王政の国と聞いていたので使節団員たちの驚愕は大きかった。

彼らは、あくまでお伽噺としてだが、前文明時代の戦争が一部特権階級の人間によって引き起こされたことを口伝として伝承して来ている。

なのでヨーデンでは世襲制《せしゅうせい》の王政を取らず、定期的に指導者が変わる民主制を昔から導入していた。

ヨーデンの人間にとって王政とは悪政であり、民衆を苦しめる政治形態だと信じていたのである。

それが覆された。

魔道具だけでなく、王政でありながら民衆が高い生活水準を享受しているこの国の政治形態にも驚かされたのである。

しかし、もしかしたらこの街だけかもしれない。

使節団員たちはそう思い、明日以降訪れる街も見てから判断しようという結論になった。

翌日、次の街に向けて使節団は出発した。

その際、アールスハイド王国側から移動手段として提供されたのは、大型の魔動バスであった。

使節団員は総勢十四名いたのだが、その全てが一度に乗ることができ、移動速度も速く、その割には揺れず、室温も一定に保たれているので車内は驚くほど快適だった。

街中を移動した際は、街中ということもあり小型の魔動車だったのだが、これほど大型でしかも快適な魔動車に一同は感動を通り越して畏《おそ》れすら抱きつつあった。

そうして朝出発して昼過ぎには次の街に到着した。この移動距離をこれだけ短時間で移動できることにも戦慄《せんりつ》した。

その戦慄を隠しつつ着いた街を散策したのだが……この街もメッシーナの街と同じく庶民が高いレベルの生活水準を保っていることを確認した。

この国は、庶民にまで魔石を使用する魔道具が浸透している。

それほど国力が高いのだと。

こんな国と対等に交易をするにはこちらがなにを提供すべきなのか、ますます分からなくなってしまっていた。

この日も宿の一室に集まり、使節団員たちは話し合いを始めた。

「どうする？　この国はあまりにも技術レベルが高い。我々がメリットを示すことができないぞ？」

リーダーの言葉に黙り込んでしまう使節団員たち。

それを見てリーダーは溜め息を吐《つ》くが、その中の一人が手をあげているのが見えた。

「どうした？　なにか思い付いたのか？」

藁《わら》にもすがる思いでそう訊《たず》ねると、その手をあげた一人、魔法使いの男はおずおずと話し始めた。

「あの、実は今日、街の工房を見学させてもらったのですが……」

「工房？　魔道具のか？　見学できたのか？」

魔道具士の男は、魔道具の工房の見学を願い出たのだが、付与魔法については機密事項にあたるので教えられないと断られていた。

それなのに魔法使いの男は工房を見学してきたと言う。

「あ、いえ。私が見学してきたのは魔道具の工房ではなく、鍛冶工房です」

「なんだ……」

魔法使いの男の言葉に、魔道具士の男は落胆し、肩を落とした。

その姿を見て少し眉を顰めつつも魔法使いの男は言葉を続けた。

「実は、そこで見たのですが……」

その魔法使いの男の言葉に、リーダーと魔道具士の男は目を見開いた。

「え？　それは本当のことなのか？」

「はい。間違いありません」

まさに驚いた、という顔で訊ねてくるリーダーに、魔法使いの男は断言した。

すると、魔道具士の男が顎に手を当て思案し始めた。

「しかし……そんな基本的なこと……」

「もしかしたら、歩んできた歴史の違いかもしれないですね。我々はこれが当たり前だと思っていた。しかし、この国では特に必要なかった」

魔法使いの男の言葉に、リーダーは頷いた。

「そうかもしれないな。しかし、これなら我々が提供する技術としては王国側に十分メリットがあるのではないか？」

そのリーダーの言葉に、皆が深く頷いた。

それを見たリーダーは、決意の籠もった表情になる。

「よし。それではその方向で話を進めよう。異論はないな？」

『はい』

こうして意見のまとまった使節団は、またいくつかの街を通り、ようやくアールスハイド王都に到着したのだった。

アールスハイド王都に到着した使節団一行は、王都の入り口で大型魔動バスから降りた。

王都内、というか街中は大型魔動バスの通行が許可されていない。

この大型魔動バスは街と街の間でのみ運行されてる。

元々人と馬車が通れるほどにしか道路が整備されていないため、街中は小型の魔道車しか通行が許可されていないので、ここから小型の魔道車に乗り換える必要があるのだ。

バスを降りた使節団一行は、そこで待ち構えていた一団に出迎えられた。

彼らはアールスハイド王国の外務局の局員であると名乗り、彼らを迎えに来たのだという。

「わざわざのお出迎え感謝いたします」

「いえ、こちらとしても未知の国の方々との交流を心待ちにしておりましたからね、これくらいのことはなんでもありません」

外務局の局員の言葉を信じるなら、自分たちは歓迎されているようだ。

そして、このまま王城に向かい国王に謁見《えっけん》するという。

いきなりの国王との謁見に緊張する使節団だったが、今回の謁見は小さな会議室で行われることが伝えられた。

これは、彼らが外国人であり、この国の儀礼を知らないことに配慮してのことだった。

謁見の間での謁見は、大勢の人間がいる中で行われるため、どうしても儀礼が必要になり、それを強制するのが憚られたための措置であった。

そう説明を受けた使節団はホッとした。

なにせ彼らの国に王族は存在しない。

指導者は常に民衆の中から選出され、その指導者と会うときでさえ最低限の礼節さえ守っていればなにも咎められない。

そんな国で生まれ育った彼らが儀礼的な態度を求められる謁見の間で冷静に話ができると思えなかったからである。

そのことを知ってか知らずかこのような対応にしてくれたことに、使節団は密かに感謝していた。

国王がいる王城までは四台の小型車に分乗して乗っていくことになった使節団一行だが、王都の景観に圧倒されてしまった。

今まで立ち寄ったどの街よりも大きく、設置されている魔道具も多い。

なにに使うのか用途の分からないものも多くあり、特に魔道具士の男が熱心に車外を流れる景色を見ていた。

他の者たちも興味深そうに車外を見ており、気のせいかもしれないが歩いている人たちでさえ洗練されているように見えた。

警備局の車に先導されている車は、一度も止まることなく王城に辿り着き、使節団は車を降りた。

そこで、彼らは外務局の局員から各自一枚のプレートを受け取った。

「それは、王城に入城するゲストに渡される入城許可証です。なくさないように首から下げておいてください」

外務局の局員はそう言うと、自らも首から下げているプレートを、王城の入り口に設置されているゲートに翳《かざ》した。

すると、閉じられていたゲートが開き、通行可能となる。

外務局の局員がゲートを通ると、ゲートはすぐさま閉じた。

「な⁉ なんだこれは⁉」

「不審者侵入防止用の入城ゲートです。今お渡ししたプレートを翳すと通ることができますので、同じようにやってみてください」

そう説明された使節団員たちは、恐る恐るゲートにプレートを近付けた。

すると、さっきと同じようにゲートが開き、通り過ぎるとゲートは閉じた。

「……！」

ヨーデンでは考えられないほど高度な技術に、使節団員たちは呆気《あっけ》に取られ、皆ゲートを通ったところで固まってしまっていた。

そんな使節団一行を横目に、外務局の局員は近くにいた警備局の警官になにか言付けをすると、使節団に声をかけた。

「それではご案内いたします。こちらへ」

呆気に取られていた使節団員たちは、外務局の局員の言葉にハッと我に返り、先導する局員のあとを追いかける。

王城は、ヨーデンでは見たことがないほど巨大な建造物だったが、不思議なことに案内されている道中で誰ともすれ違わなかった。

建物の規模に反して人員が少ないのだろうか？　しかし、それにしては掃除が行き届いている。

どういうことだ？　と不思議に思いつつも、大人しく外務局局員のあとに付いて行く。

もうすでに案内なしでは一人で出口まで出られないところまで来た外務局局員は、一つの扉の前で立ち止まった。

その扉の前には二人の人間が立っており、その人間は今までの外務局局員や警備局の警官と違い、武装していた。

明らかに、この扉の前だけ厳戒態勢である。

それを見た使節団員たちは、ここが国王のいる部屋であることに気付き、緊張が高まった。

外務局局員が兵士であろう警備の人間といくつか言葉を交わしたあと、兵士が扉をノックした。

「陛下。使節団の皆さまが到着されました」

『通してくれ』

扉の向こうから聞こえてきた声に、使節団の緊張は更に高まる。

今、警備兵は間違いなく『陛下』と言った。

ならば、今返事をしたのは国王だ。

いよいよヨーデンの人間として初めて王族と相対することになる。

特にリーダーは緊張でガチガチになっていた。

「それでは、失礼のないようにな」

「は、はは！」

今まで会ってきた人たちとは違う、軍人の剣呑な声色に、リーダーは思わず臣下《しんか》のような返事をしてしまった。

警備兵がそのことに苦笑すると、おもむろに扉を開いた。

その先にいたのは……。

「ようこそお出でくださった、ヨーデンの使者たちよ。私はアールスハイド王国の王、アウグストだ」

キラキラと輝く金の髪に、透けるような青い瞳、そして陶磁器のように白く艶《つや》やかで恐ろしいほど整った顔立ちの国王アウグストがヨーデン使節団を出迎えた。

国王に会いに来たので覚悟は出来ていたが予想以上に強い王族のオーラに、使節団員たちはあっという間に呑《の》まれてしまった。

「あ、は、初めまして……この度は、我々を迎え入れてくださって、ありがとうございます」

リーダーはそう言って深々と頭を下げた。

周りの使節団員たちもそれに倣《なら》って頭を下げる。

それを見て、アウグストは一つ頷いた。

「頭を上げて楽にしてくれ。さて、全員分が座れる場所はないから、代表者だけで構わないかな？」

「あ、は、はい！　大丈夫です！」

「よかった。ではそちらに」

「し、失礼します！」

優雅な仕草でソファーに座るアウグストとは対照的に、ガチガチな動きでソファーに座るリーダー。

それは傍から見れば滑稽な光景に見えるのだが、こちらもガチガチに緊張している使節団員たちは笑う余裕さえない。

そんな緊張で固まってしまっている使節団員たちに、アウグストはフッと微笑《ほほえ》むと柔らかい口調で語り掛けた。

「そう緊張しなくてもいい。なにも取って食おうというわけではないからな」

「は、はあ」

「それで、我が国はそちら、ヨーデンから見てどうであった？」

「は、はは！　それはもう、この国の魔道具の技術の高さには驚かされてばかりでございます」

リーダーの言葉を聞いて、アウグストはピクリと眉を動かした。

「ほう。それは意外だな。我々の予想では、そなたらは前文明時代にこの大陸から戦争を逃れるために避難した民たちだと思っていたのだが」

アウグストの推察《すいさつ》に、リーダーは目を見開いた。

「あ、あの、それをどこでお聞きになられたのですか？」

「いや。我々が外洋からやってきたにもかかわらず驚いていなかったこと、それと言葉が通じたことから推測したにすぎん。もしかして、本当のことなのか？」

「そう言われています。ただ、あまりにも昔のことで記録が残っておらず、我々もお伽噺であると思っておりました。ですので、調査団が現れたときには言い伝えが本当であったことの驚きの方が強かったです」

「そうなのか。なら、前文明の技術は……」

「なに一つ残っておりません。我が国にある技術は、祖先が一から作り上げたものです」

リーダーがそう言うと、アウグストは「フム」と言って少し思案した。

「そうか、それは残念だ。我々としては、そなたらが前文明の技術を継承しており、その技術力を取り入れることが出来ればと考えていたのだが」

アウグストの言葉に、またしてもリーダーは目を見開いた。

「え？　し、しかし、我々は今日まで自走する車にのって移動してきました。これは、それこそお伽噺でしか語られていない前文明の技術です。こちらにこそ前文明の技術が残っていると思っていたのですが……」

リーダーの言葉に、アウグストは苦笑を漏らす。

「残念ながら、我が国……というかこの大陸でも前文明の技術は失われている。だが、一人天才がいてな」

「ま、まさか……その方が前文明の技術を再現なさったのですか⁉」

アウグストの言葉に、リーダーではなく後ろに控えていた魔道具士の男が声を上げた。

「お、おい！」

「あ！　す、すみません‼」

驚いたリーダーが魔道具士の男に声をかけると、ハッとした顔をして深々と頭を下げた。

「ああ、いや。そなたらは使節団なのだ。皆も発言して構わないぞ。それで、そちらの質問だが、答えは『その通り』だな」

アウグストの返答に、魔道具士の男は呆気に取られた顔をしてしまった。

「まさか……そんなことが……」

呆然《ぼうぜん》とする魔道具士の男を見て、アウグストはまた思案する。

どうやら、こちらが望んでいた前文明の技術は期待できそうにない。

逆に、向こうがこちらの技術を学びたいと言って来ている。

このままではこちらのメリットが小さい。

かと言って、ここで無下に扱ってしまったら、もしかしたら存在するかもしれないメリットを逃す可能性もある。

どうすべきか？　と思案しているアウグストを見て、明らかにこちらが受け取るメリットが大きくてアールスハイド側が受け取るメリットが小さいことを気にしていると判断したリーダーは、思案中のアウグストに声をかけた。

「あの、私たちもタダで魔道具の技術を学ばせてもらおうというわけではありません。少しの時間でしたが、こちらの国に滞在させて頂き、見学等をさせてもらいました。その結果、我々からもそちらへ提供できる技術があります」

「……ほう？　それはどのような技術なのだ？　魔法か？　魔道具か？」

「魔法です。おい」

「はい」

リーダーが声をかけたのは魔法使いの男。

前へと出てきた魔法使いの男は、アウグストに声をかけた。

「あの、こちらで魔法を使ってもよろしいでしょうか？」

アウグストと、側に控えている護衛騎士を見ながら魔法使用の許可を願うと、アウグストは護衛騎士をチラリと見た。

護衛騎士は小さく頷くと、魔法使いの側までやってきた。

「その魔法は危険な魔法ではないか？」

「あ、はい。それは大丈夫です。それから、これを使ってもいいですか？」

魔法使いの男がそう言って懐から取り出したのは、先日訪れた鍛冶工房から貰《もら》ってきた鉄の塊だ。

「？　それをどうするのだ？」

自身もアルティメット・マジシャンズの次席として、世界二位の魔法使いと言われているアウグストである。

魔法についてはこの城にいる誰よりも造詣が深いと自負している。

だが、そのアウグストをもってしても、今からヨーデンの魔法使いが行おうとしていることに見当がつかなかった。

「はい。それは……」

魔法使いの男は、そう言って魔法を行使した。

それを見たアウグストは、驚愕に目を見開いた。

「な、なんだ、これは……？」

「これが、我々が示せる技術です。この技術は、この国の魔道具産業と相性が良いと思うのですが……如何でしょうか？」

探るようにそう言うリーダーの言葉が届いているのかいないのか分からないが、アウグストはワナワナと震えだした。

そして。

「シンを！　シンを呼べ‼」

部屋にいた側近に、すぐさまシンを呼びに行かせたのだった。

そして、側近がシンを呼びに行って数分後、扉がノックされた。

「はい」

『陛下。シン殿が到着されました』

「来たか。通してくれ」

『はっ！』

外から警備兵の声が聞こえてすぐ、扉が開かれた。

「ん？　お、もしかしてヨーデンの使節団の人ですか？」

「え、ええ。あの、あなたは？」

何気ない感じで部屋に入ってきた人物に、使節団員たちは驚愕した。

なにせ、この部屋には国王がいる。

そんな気軽に入ってこられる部屋ではないはずなのだ。

なのにこの人物は、まるで友達の部屋に入るかのように気軽に入ってきた。

「ああ、自己紹介が遅くなってすみません。私はシン。シン＝ウォルフォードといいます。初めまして」

シンはそう言うと、にこやかに笑いながら手を差し伸べてきた。

リーダーは戸惑いつつもその手を握り返し、お互いに挨拶を交わす。

「急に呼び立ててスマンな、シン」

「別にいいよ。それより、俺を呼んだってことは、なにか問題でも発生した？」

明らかにこの王族オーラバリバリの国王に対する態度ではない口調で話すシンに、使節団員たちの方がハラハラした。

しかし、当のアウグストは全く気にした様子を見せない。

「トラブルというか、私では全く理解できないことが起こったのでな、シンなら分かるかと思ったのだ」

「オーグが理解できない？　そんなのあるのか？」

「ああ。すまないが、もう一度先ほどの魔法を見せてもらえないか？」

「あ、はい。分かりました」

魔法使いの男は、先ほど魔法を使った鉄塊に、もう一度魔法をかけた。

すると。

「こ、これは⁉」

魔法使いの男が使った魔法を見たシンは、驚愕したあと頭を抱えて膝《ひざ》をついた。

「お、おい。どうした？　シン」

シンのあまりにオーバーなリアクションに、アウグストは慌ててシンに声をかけた。

すると、膝をついているシンは、悔しそうな顔になって呟《つぶや》いた。

「こ、この魔法を見落としていたなんて……俺は、なんて間抜けなんだ……」

「は？　ということは、お前、この魔法の正体が分かったのか？」

「ああ」

シンの言葉に驚いたのはアウグストだけでなく使節団員たちもだ。

突然やってきて、一目魔法を見ただけで全て理解したという。

そのことが衝撃的すぎた。

「そ、それで、この魔法はなんなのだ？」

「これは……この魔法は」

シンは魔法使いの男に視線を向けながら、この魔法の正体について説明した。

その説明に、またしても使節団員たちは驚愕し目を見開くのだった。

「くそお！　これに思い至っていれば、今まで以上に魔道具作りが捗《はかど》っていたのに‼」

しかも、この魔法が魔道具の製作に非常に有用なことまで見抜いている。

一体、このシンという人物はなにものなのか？

そう思ったが、先ほどの言葉に魔道具士の男が引っ掛かった。

『魔道具の製作が捗っていた』

シンはそう言った。

それは、つまり……。

「もしや、陛下の仰っていた天才とは……」

魔道具士の男がアウグストを見ながらそう訊ねると、小さく首肯された。

「その通り。前文明の技術を独自に開発してしまった天才が、このシン＝ウォルフォードだ」

そうやって紹介されたシンは、使節団の前だったということを思い出し、膝をついた体勢から立ち上がった。

「そうですか、あなたが」

そういう魔道具士の男の目には、シンに対する畏敬の念が込められていた。

その視線を向けられたシンは、全く意味が分かっていない。

（この人、なんでこんな目で見てくんの？）

（お前を認めたんだろう）

小声で話しかけてきたシンに、アウグストも小声で返す。

その認められる要素に心当たりがないシンは首を傾げる。

そんなシンに、アウグストは話の本題を切り出した。

「シン、お前の目から見て我が国の魔道具の技術とこの魔法、対等な対価になるか？」

そう訊ねられたシンは、自信を持って答えた。

「ああ。もちろん。素晴らしい技術だよ」

シンのこの言葉で、交易の内容は決定した。

アールスハイド側からは魔道具の技術を。

ヨーデン側からは、アールスハイド……いや、シンでさえ知らなかった魔法技術の提供。

この対等な条件により、アールスハイドとヨーデンは国交を結ぶことになったのだった。

あとがき

この度は『魔王《まおう》のあとつぎ』をお手に取っていただき、ありがとうございます。

作者の吉岡剛《よしおかつよし》です。

この作品は、拙作である『賢者《けんじゃ》の孫《まご》』の後継作品になります。

『賢者の孫』を読まなくてもいいように書いたつもりではありますが、もしまだ『賢者の孫』をお読みになったことがなければ、そちらも読んでいただけるとより一層内容が理解できるかと思いますので、よろしければ是非お願いいたします。

この『魔王のあとつぎ』ですが、ジャンルとしては『異世界ファンタジー』になるのでしょうけれど、私としては『異世界青春物語』にできればいいなと思っています。

現代を舞台にした物語ではよくある話かと思いますが、異世界ものではあまり見たことがないなあと思いまして。

それと、私自身、物語が終わったあとの子供世代の話が大好きでして、せっかく前作の主人公たちに子供が生まれたのだから、その子供たちを主人公にした物語を書き続けたいなあと思っておりました。

で、子供たちを主人公にした話を書くなら、強大な敵とか国家を巻き込んだ陰謀とかは親世代でもう十分やりましたので、次は異世界における青春物語を書きたいなとなったわけです。

主人公も代替わりして、作品のコンセプトも変わったので新しく『魔王のあとつぎ』として発表しました。

今作の舞台は、主に学院になります。

シャルロットたち子供同士の交流や、葛藤、恋愛模様なんかが主軸になるかと思いますが、このお話は魔法ありの異世界ファンタジー。

当然、魔法による戦闘シーンも出てきます。

そんな世界での青春物語。

どう展開していくのか、一応プロットを書いてはいるのですが、私自身この先どう展開していくのか未知数なところがあります。

なんせ、私の執筆スタイルは『キャラが動くに任せる』というものなので予想もしない方向に話が行くことが結構あるのです
まあ、キャラが自由に伸び伸びと動いている方が面白いんじゃないかなと思っているので、これからもこのスタイルで行きますけどね。

この話は、ネットでも公開しているので、万が一ここで発刊が終わったとしても話の続き自体はネットで書き続ける予定です。

そうならないことを願っていますが……これぱっかりはどうしようもありませんので、できれば皆さんのお力添えで続きを出させていただければと思っています。

よろしくお願いいたします。

そういえば、今作も前作から引き続き菊池《きくち》先生にイラストを描いていただきました。

相変わらず菊池先生のイラストは素晴らしいですね。

シャルロットもオクタヴィアも、私の想像以上のキャラに仕上げていただきました。

こういうイラストが描ける人を、私は本当に尊敬します。

いつもフワッとしたイメージだけをお伝えして、後はお任せで……と言ってしまっているので申し訳ない気持ちで一杯です。

しかし、下手に私があれこれと指示をするよりも絵のことはプロにお任せしてしまった方がいいと思うのです。

毎回それでいい結果になっているので、すっかり甘えてしまっております。

菊池先生、いつもご迷惑をおかけして申し訳ありません。

感謝しております。

そして、今回も前作に続き担当してくれたS氏には、相変わらずお世話になりっ放しです。

ありがとうございます。

そして、これを読んでくださった皆様にも感謝を申し上げます

これからも、皆様が『読んでよかった』と思われるような話を書いていきたいと思っておりますので、今後も『魔王のあとつぎ』を応援していただければありがたく思います。

ありがとうございました。

二〇二二年　十一月　吉岡　剛

■賢者の孫完結と共に
新シリーズが
始まりました♪
よろしくお願いします。

まだシャルは全然
描き慣れてません…。
オクタヴィアの方が
描きやすいかと
思っておりましたが、

やっぱり
リンが一番
描きやすかったですw

■ご意見、ご感想をお寄せください。……………………………………………
ファンレターの宛て先
〒102-8177　東京都千代田区富士見2-13-3　ファミ通文庫編集部
吉岡 剛先生　菊池政治先生

FBファミ通文庫

魔王《まおう》のあとつぎ

1815

2022年11月30日　初版発行

◇◇◇

著　　者　吉岡《よしおか》 剛《つよし》

発 行 者　山下直久

発　　行　株式会社KADOKAWA
〒102-8177 東京都千代田区富士見2-13-3
電話 0570-002-301（ナビダイヤル）

編集企画　ファミ通文庫編集部

デザイン　coil 世古口敦志

写植・製版　株式会社スタジオ205プラス

印　　刷　凸版印刷株式会社

製　　本　凸版印刷株式会社

●お問い合わせ
https://www.kadokawa.co.jp/（「お問い合わせ」へお進みください）
※内容によっては、お答えできない場合があります。
※サポートは日本国内のみとさせていただきます。
※Japanese text only

ISBN978-4-04-737235-1 C0193

定価はカバーに表示してあります。

俺だけレベルが上がる世界で悪徳領主になっていたIV

既刊 I～III巻好評発売中！

著者／わるいおとこ
イラスト／raken

反乱勃発!?　大艦隊を奪取せよ!

ナルヤ王国軍を退けたエルヒンが次に狙うのは海軍国ルアランズ。ゲームの歴史通りならば急進派によるクーデターが起こり、エルヒンとも敵対することになる。エルヒンはクーデターを阻止するため単身敵国へと乗り込むのだが――。

FBファミ通文庫